Christine Nöstlinger:
Das kleine Frau
Mein Tagebuch

W0303872

Deutscher
Taschenbuch
Verlag

dtv

Von Christine Nöstlinger
sind im Deutschen Taschenbuch Verlag erschienen:
Haushaltsschnecken leben länger (10804; auch als dtv großdruck 25030)
Werter Nachwuchs (11321)

Die feuerrote Friederike (dtv junior 7133)
Mr. Bats Meisterstück (dtv junior 7241)
Ein Mann für Mama (dtv junior 7307)
Liebe Susi! Lieber Paul! (dtv junior 7577)
Maikäfer flieg! (dtv junior 7804)
Der Denker greift ein (dtv junior 70164)

Ungekürzte Ausgabe
Oktober 1991
Deutscher Taschenbuch Verlag GmbH & Co. KG, München
© 1989 Dachs-Verlag Ges.m.b.H., Wien
ISBN 3-900763-50-X
Erstveröffentlichung unter dem Titel ›Mein Tagebuch‹
Umschlaggestaltung: Celestino Piatti
Umschlagbild: Christiana Nöstlinger
Gesamtherstellung: C.H. Beck'sche Buchdruckerei, Nördlingen
Printed in Germany · ISBN 3-423-11452-5

Das Buch

»Über Schadstoffe in der Nahrung weiß ich ja allerhand, aber ob ich meine Familie gesund verhungern oder ungesund am Leben erhalten soll, weiß ich noch immer nicht.« Mit dieser frustrierenden Erkenntnis und einem leeren Einkaufskorb endet für Christine Nöstlinger ein Gang über den Markt. Es bleibt nicht der einzige Stoßseufzer der geplagten »kleinen Frau«. Kein Wunder, setzt sie sich doch intensiv mit Haushalt und Wohnen, Schule und Erziehung, Partnerschaft und Emanzipation auseinander. In mehr als sechzig Glossen bringt sie auf den Punkt, was das tägliche Leben einer Hausfrau, Ehefrau und Mutter ausmacht. Sie tut es kritisch, humorvoll, zuweilen ironisch – sie reizt zum Lachen und Nachdenken. Nicht nur Frauen jeden Alters, auch Männern sei der Band zur nützlichen und vergnüglichen Lektüre empfohlen!

Die Autorin

Christine Nöstlinger, am 30. Oktober 1936 in Wien geboren, lebt als freie Schriftstellerin abwechselnd in ihrer Geburtsstadt und im Waldviertel. Sie schreibt Kinder- und Jugendbücher und ist für Zeitungen, Rundfunk und Fernsehen tätig.

Inhalt

Haushalt und Wohnen

Ein hartes Schicksal

Gestern ging ich, in Begleitung meiner Tochter, einkaufen und sagte: »Eine Sonnencreme muß ich noch kaufen!«

Worauf die Frau Tochter entsetzt sagte: »Bitte nicht, sonst regnet es morgen.« Mein hartes Schicksal ist eben allgemein bekannt!

Plane ich einen faulen Tag in der Sonne, regnet es garantiert!

Gehe ich in ein Bastlergeschäft und kaufe ein langes Bambusrohr, um den obersten fünf Feigenbaumblättern eine senkrechte Stütze zu bieten, sind die obersten fünf Feigenbaumblätter, wenn ich mit dem Bambusrohr heimkomme, abgefallen!

Erfülle ich mir den Wunsch nach einer neuen Teekanne, kommt am nächsten Tag eine Freundin, und was wickelt sie als Mitbringsel aus? Eine Teekanne!

Und wenn ich am Montag in alle meine Blusen und Pullis Schulterpolster nähe, dann lese ich am Dienstag in einer Frauenzeitschrift, daß Schulterpolster »out« seien! Ich bin eben ein echter Pechvogel!

Ein paar gehässige Menschen sehen das allerdings anders. Sie sagen: »Tja, wenn du dir erst am fünften Sonnentag eine Sonnencreme kaufst, ist das doch kein Wunder. Das Waldviertel ist nicht Korfu, sechs Sonnentage gibt es da selten!«

Und sie sagen auch: »Daß ein Feigenbaum Blätter verliert, wenn er vier Jahre ohne Stütze dahinvegetieren muß, ist vorhersehbar!« Außerdem behaupten sie, daß nie etwas länger als zwei Saisonen in Mode ist und Schulterpolster da keine Ausnahme machen.

Und die Freundin mit der Teekanne meint: »Seit wir uns kennen, schau ich mir den Sprung in der Kanne an. Wie hätte ich denn ahnen können, daß du dich selber zu einer neuen aufraffst!« Und ein ganz naher Anverwandter drückt es hart und deftig aus und sagt: »Eine langsame Sau kommt eben selten zu einem warmen Bissen!«

Von wegen langsam! Ich bin nicht langsam! Heuer war ich die Allererste in der Gegend, die die Basilikumpflanzerln vom Topf ins Gartenbeet übersiedelt hat. Gleich am ersten Sonnentag im Frühjahr! Und was hat es in der Nacht darauf gegeben? Eh klar! Nachtfrost hat es gegeben! Und wie ich am Morgen die zwei einzelnen Socken in den Müll geworfen habe, habe ich zu Mittag die zwei Socken gefunden, die mit den weggeworfenen zwei tadellose Paare ergeben hätten!

Aha! Da war ich wieder zu schnell!

Also bitte! Wenn jemand immer und unentwegt einmal zu schnell und einmal zu langsam ist, was ist er denn dann sonst als ein Pechvogel? Aber ich weiß schon, ein Pechvogelschicksal gesteht man sich nur selber zu. Und alle anderen hielte man für »selber schuld«!

Die Hälfte ihres Lebens ...

Was eine gute »Hausfrau, Ehefrau und Mutter« im Laufe eines Tages alles tun muß, kann man nicht nur kitschigen Muttertagsgedichtlein entnehmen, sondern ist auch in wesentlich realistischeren Abhandlungen festgehalten. Aber eine wichtige Tätigkeit der »Hausfrau, Ehefrau und Mutter« ist anscheinend niemandem recht erwähnenswert, die Verse-Schmiede hämmern sie nicht zu Reimen, die Statistiker nehmen sie nicht in ihre Tabellen auf. Die so gröblich unerwähnte Tätigkeit ist: das Warten!

Die »Hausfrau, Ehefrau und Mutter« wartet! Sie wartet nicht nur auf die Straßenbahn, beim Zahnarzt, vor der Tür zum Amtsrat, an der Kinokasse, beim Friseur und überall dort, wo andere auch warten müssen, sie ist die perfekte Meisterin im Warten. Sie wartet bei der Milchfrau und der Kassa im Supermarkt. Sie wartet auf den Gaskassier, den TV-Dienst, den Installateur, den Elektriker.

Wenn sie kleine Kinder hat, wartet sie vor dem Kindergarten, wenn sie einen Taferlklaßler hat, wartet sie vor dem Schultor. Und hat sie größere Kinder, wartet sie daheim mit dem Mittagessen. Während ihr liebes Kind an irgendeiner Straßenecke mit einem anderen lieben Kind das Leben bespricht, rührt sie vergrämt in den Rahmfisolen, auf daß diese nicht anbrennen. Während sich ihr liebes Kind dazu entschließt, das andere liebe Kind noch »heimzubegleiten«, weil man »tiefe Gespräche« nicht so einfach abbrechen kann, rührt sie wartend weiter. Und während ihr liebes Kind endlich langsam heimwärts schlendert und dabei an einem Stanitzl Himbeereis schleckt, stellt sie resigniert die Rahmfisolen auf den Dunst.

Am Abend dann rührt sie wieder in den Rahmfisolen. Jetzt wartet sie auf den Ehemann. Der bespricht auch irgendwo das Leben. Wobei er allerdings kein Himbeereis schleckt, sondern ein Bierchen trinkt. Und da er mehr Lebenserfahrung hat als seine Kinder, muß er das Leben auch länger besprechen. Unter Umständen so lange, bis das ganze Dunstwasser unter den Rahmfisolen verdunstet ist.

Abgesehen von solchen Routine-Wartereien gibt es aber noch die grausame Wartezeit. Die kommt, wenn Kinder erwachsen werden oder der Ehemann eine »Krise« hat. Da dauert dann das Warten oft bis zum Morgengrauen oder noch länger. Doch die »Hausfrau, Ehefrau und Mutter« hat das Warten ja gelernt! Sie widersteht dem Drang, forschend herumzutelefonieren oder Abgängigkeitsanzeige zu erstatten. Sie wartet brav, bis sich endlich der Schlüssel im Türschloß dreht, und sagt dann: »Hauptsache, daß du wieder da bist!«

Bohrmaschine und Hemdknopf

Natürlich bin ich für die völlige Gleichberechtigung von Männern und Frauen. Aber ein paar »Berechtigungen« möchte ich doch, wenn ich ganz ehrlich bin, ausschließlich den Männern zugestehen.

Die Berechtigung etwa, einen falsch geparkten und deswegen abgeschleppten Personenkraftwagen vom Abstellplatz abzuholen und die damit verbundenen Amtswege zu erledigen, überlasse ich gerne meinem hausinternen Vertreter des »stärkeren« Geschlechts, da dieses ja gewiß auch die stärkeren Nerven haben muß. Auch wenn es darum geht, einen heillos verstopften Badewannenabschluß zu säubern oder bei einem Handwerker über eine schlampig ausgeführte Arbeit Beschwerde zu führen, liegt mir nicht unbedingt daran, meinen Drang nach Gleichberechtigung mit dem Mann voll auszuleben. Und die Handbohrmaschine versenke ich ungern in Wände, die viel Widerstand leisten. Nicht, daß ich für diese Arbeit zu schwach wäre! Sie liegt mir bloß nicht.

Kurz und gut: Von den traditionellen »Männerarbeiten« habe ich nur die erlernt, die mir viel Spaß oder wenig Mühe machen. Bei den Arbeiten, die mir wenig Spaß oder viel Mühe machen, bestehe ich auf der alten Rollenteilung und erkläre mich auf Grund meines »Frauseins« nicht für zuständig.

Das ist vielleicht nicht sehr fortschrittlich gehandelt, aber es belastet mein emanzipiertes Gewissen so gut wie gar nicht, denn der Mann, mit dem ich seit mehr als einem Vierteljahrhundert zusammenlebe, verhält sich ebenfalls nicht fortschrittlicher. Er hat zwar, seit vielen, vielen Jahren schon, eingesehen, daß man eine Ehe partnerschaftlich zu führen habe und die verstaubte Einteilung in Männerarbeit und Frauenarbeit heutzutage keine Berechtigung mehr habe. Also erledigt er im Haushalt auch Arbeiten, die sein Vater oder gar sein Großvater entrüstet von sich gewiesen hätten. Er kocht Gulasch und räumt auf, er wäscht Wäsche und hängt sie (übrigens weit sorgfältiger als ich) über die Wäscheleine und tut noch eine Menge anderer Sachen, mit denen er früher, vor den Zeiten der Gleichberechtigung, nichts zu schaffen gehabt hätte.

Aber: Er näht keinen Knopf an, er bügelt kein Hemd, er stopft keine Socken. Und den Gummibaum topft er auch nicht um! Er sagt, das alles könne er leider nicht. Was freilich Unsinn ist, der gleiche Unsinn, wie wenn ich erkläre, daß ich absolut nicht fähig sei, mit einer Handbohrmaschine umzugehen. Natürlich könnte ich erlernen, einen rotierenden Bohrer schön waagrecht in eine Wand zu drücken! Natürlich könnte er erlernen, eine Nadel samt Faden durch ein Stück Stoff zu ziehen! Aber ich sage mir: Solang ich ihm die Knöpfe annähe, kann er ruhig für mich ein Loch bohren!

Und er sagt sich: Solange ich ihre Haare aus dem Abfluß hole, kann sie ruhig meine Socken stopfen!

Eheliche Arbeitsaufteilung scheint weniger ein Problem der Gleichberechtigung zu sein als ein Problem der Faulheit. Jeder delegiert Arbeit, solange und soviel als nur immer möglich.

Zweispältiger Sonnenschein

An und für sich bin ich ja ein Mensch, der Sonnenschein unheimlich gern hat. Sonnenschein steigert meine Lebenslust und meine Zuversicht enorm. Scheint die Sonne, geht es mir einfach wesentlich besser als an grau-trüb wolkigen Tagen.

Schon als Kind erging es mir so. Erwachte ich am Morgen und merkte blinzelnd, daß die Sonne zum Fenster herein schien, war ich im Nu putzmunter und freute mich auf den kommenden Tag und fand alle bevorstehenden Widerwärtigkeiten, inklusive Schularbeit und Streit mit der besten Freundin, halb so schlimm wie an Regentagen.

Doch damals erwachte ich noch in einer Wohnung, in der meine Mutter alle zwei Wochen sämtliche Fenster putzte. Heute erwache ich in einer Wohnung, für deren Fensterglanz ich selbst verantwortlich zeichne, und wenn ich am Morgen beglückt in die Sonne blinzeln kann, muß ich den Zustand meiner Fenster zur Kenntnis nehmen; was mir die Freude am Sonnenschein verleidet, weil die knallharte Sonne an den Tag bringt, was dicke Wolken mild vertuschten: Meine Fenster sind total verdreckt!

Und wenn der Mensch erst einmal seinen Blick geschärft hat, kann er kaum verhindern, daß sich der Blick selbständig macht und wahrnimmt, daß nicht nur die Fensterscheiben schmutzig sind, sondern die Fensterrahmen den Scheiben in nichts nachstehen. Und die Spinnweben über den Oberlichten sind nun auch nicht mehr zu ignorieren, und von denen bis zum Luster, der viel Staub angesetzt hat, ist nur mehr ein kurzer Weg.

So senke ich beklommen die Lider, aber da kommen mir die Grünpflanzen ins verstörte Blickfeld, und ich muß mir zuraunen: Ein total verstaubter Gummibaum ist keine Zierde fürs gepflegte Heim, sondern ein Schandfleck!

Also schließe ich die Augen. Doch nun kommen die nagenden Gedanken! Wie, nagt es in mir, wird es dann erst unter dem Bett ausschauen? Und unter dem Schrank? Und hinter der Heizung? Und der Lack an den Türen, kommt mir plötzlich in den Sinn, der ist vielleicht doch nicht so »vergilbt und nachgedunkelt«, wie ich bisher einfältigen Gemütes annahm. Die Türen gehören vielleicht bloß gewaschen, um wieder in altem, weißem Glanz zu erstrahlen.

Und schließlich kommt mir die Katze in den Sinn! Die hatte nämlich gestern allerhand am Schnurrbart hängen, was an Katzenschnurrbärten nichts verloren hat. Etwas, wofür es gar kein hochdeutsches Wort gibt, weil das in besseren Familien gar nicht existiert.

»Lurch« nannte es meine Großmutter. »Wuwer« nennen es meine Töchter.

Woher, sinne ich, kam denn die Katze mit dem Lurch-Wuwer-Schnurrbart? Von der Bücherstellage, antworte ich mir, kam sie herabgesprungen!

Wer schon einmal sämtliche Bücher aus sieben Borden zu je fünf Meter Länge vom Staub befreit hat, wird einsehen, daß nach solchen Erkenntnissen auch ein an und für sich Sonne liebender Mensch aufspringt und alle Rollos herunterzieht.

Ein Handgriff im Handumdrehen

»Also, die heutigen jungen Frauen«, seufzt meine Tante Agnes, »die sind einfach stinkfaul! Einen Geschirrspüler brauchen sie! Die paar Handgriffe, die es braucht, ein bißchen Geschirr abzuwaschen, sind doch eine Lappalie!«

»Also, die heutigen jungen Frauen«, seufzt meine Tante Berta, »die sind ja stinkfaul! Die wollen nur Wollsachen, die sich in der Waschmaschine waschen lassen. Die paar Handgriffe, die man braucht, um einen Pullover im Waschbecken durchzudrücken, sind ihnen schon zuviel!«

»Also, die heutigen jungen Frauen«, sagt meine Tante Cilli, »sind einfach stinkfaul! Grausliche Marmelade kaufen sie! Dabei kocht sich doch Marmelade im Handumdrehen!«

Tante Dora empört sich darüber, daß die heutigen jungen Frauen Herrenanzüge in die Putzerei tragen. Zu faul sind sie, ein paar Dreckflecken herauszuputzen! Dabei hat man das doch mit ein paar Handgriffen und etwas Salmiakgeist im Handumdrehen erledigt! Tante Else nimmt den heutigen jungen Frauen die Papierwindeln übel. Stoffwindeln sind doch mit ein paar Handgriffen ausgekocht! Tante Freda empört sich über die Art, wie heutige junge Frauen ihre Babys verköstigen. Spinat in Gläsern kaufen die! Dabei hat man doch im Handumdrehen eine klitzekleine Portion Spinat erzeugt! Ferner sind junge Frauen, laut Meinung meiner Tanten, auch zu faul, die paar Handgriffe zu tun, die es braucht, einen Schal zu stricken, einen Gugelhupf und Kekse zu backen, einen Rocksaum hochzunähen, eine Kindermütze zu häkeln, Eierlikör zu kochen, Kräuter zu trocknen und Flicken auf zerfetzte Jeans zu setzen.

Meine guten, alten Tanten haben ja nicht so unrecht. Weder Marmelade kochen noch Geschirr waschen oder einen Pulli »durchdrücken« sind so schwere und zeitraubende Arbeiten, daß sie eine »heutige« Frau nicht auf sich nehmen könnte. Aber würden sich die »heutigen« jungen Frauen sämtliche Rügen meiner sämtlichen Tanten zu Herzen nehmen, würden sie vor lauter »im Handumdrehen« und »einen Handgriff« machen kaum mehr zum Schnaufen kommen.

Die meisten »heutigen« jungen Frauen nämlich, und das übersehen meine Tanten gern, haben auch noch einen Beruf und einen Chef, der ihnen mehr als ein paar Handgriffe im Handumdrehen abverlangt. Und wenn sie sich da nicht willig zeigten, wären sie im Handumdrehen ihren Job los.

Meine alten Tanten beeindruckt dieses Argument nicht sehr. »Das Leben einer Frau ist eben Mühsal und Arbeit«, erklären sie im Chor. Mag ja sein! Aber warum meine alten Tanten dann junge Männer, die bloß ihrer Arbeit nachgehen, daheim aber nicht einen einzigen Handgriff erledigen und im Handumdrehen bloß den Sportteil der Zeitung aufschlagen, für fleißig halten, ist mir ein Rätsel.

Planung und Streß

Streß, werte Leserin, muß nicht sein! Gestreßt ist eine Frau nämlich nur dann, wenn sie nicht ordentlich planen und richtig einteilen kann. Kann eine Frau planen und einteilen, dann hat sie, trotz Haushalt, Kinderbetreuung und Beruf, ein erfülltes, aber streßloses Leben und daher auch ein ausgeglichenes Gemüt, samt einem friedvollen Lächeln um die Lippen.

Woher ich das weiß? Wieso ich das so sicher behaupten kann? Na deshalb, weil ich es schon tausendmal in Frauenzeitschriften gelesen habe! Sagen Sie ja nicht, werte Leserin, ein Tag habe leider nur vierundzwanzig Stunden, und Sie könnten ihn nicht auf zweiunddreißig Stunden dehnen, um all Ihre Pflichten streßlos zu planen! Damit zeigen Sie nur, daß Sie von Planung und Einteilung keine Ahnung haben! Dabei ist die Sache doch so einfach und mit etwas Phantasie zu lösen. Soll mir keine Frau – etwa – erklären, sie käme nicht zum Lesen der Zeitung; vor lauter Haushaltsarbeit nach der Berufsarbeit! Wenn man ein Zeitungsblatt mit Tixoband an die Wand hinter dem Küchentisch klebt, kann man, während die Hände auf dem Tisch Teig kneten, ohne Hast die Tagespolitik studieren. Man kann sich auch zwei Bodenwischtücher um die Füße binden, während man Ordnung machend und Staub wedelnd durch die Räume flitzt. Und eigentlich könnte man ja auch, wenn man vom Büro, mit einem Umweg über den Kindergarten, nach Hause fährt, in der Straßenbahn Socken stopfen. Gewiß, ein paar Fahrgäste, die nichts von Planung verstehen, werden dumm schauen, aber wen stört das schon? Wer den Blick auf ein Sockenloch gerichtet hat, nimmt die Blicke der Mitreisenden ohnedies nicht wahr.

Außerdem, liebe Leserin, können Sie beim Fernschauen erstens Herrenhemden bügeln und zweitens ein Fußbad nehmen, unter der Trockenhaube Fisolen putzen, und während Sie den Einkaufswagen durch den Supermarkt schieben, könnten Sie in aller Ruhe mit Ihrer Tochter das Einmaleins üben.

Das waren nur ein paar kleine Ratschläge für die Planung Ihres streßlosen Tagesablaufs. Mit ein bißchen Nachdenken werden Ihnen noch viele andere einfallen.

Sollte Ihnen aber diese Art zu planen und einzuteilen gar nicht zusagen, dann wüßte ich noch einen guten Rat, wie Sie zu einem streßfreien Alltag kommen: Verplanen Sie einfach andere! Teilen Sie Oma 1 zum Bügeln und Oma 2 zum Stricken ein, die Bedienerin zum Großputz, die Tante zum Abholdienst vom Kindergarten, den Onkel zum Einmaleins-Lernen und den Ehemann zum Kochen. Und legen Sie sich eine gute Freundin zu, die sowieso immer mit dem Auto in den Supermarkt fährt und Ihnen den Wochenendeinkauf ins Haus liefert! Ich bin mir sicher, die Frauen, die kluge Artikel über Planung und Einteilung schreiben, halten sich, was ihr eigenes Leben betrifft, auch an letzteren Ratschlag.

Schutzpatron gesucht

Jeder bessere und dazu noch traditionsreiche Berufsstand hat einen gütigen Schutzpatron. Nur der Berufsstand der Hausfrauen hat keinen. Höchstwahrscheinlich scheren sich Schutzpatrone nicht gern um Berufe, bei denen man nicht nur nicht viel, sondern rein gar nichts verdienen kann.

Wie dem aber auch immer sei, was noch nicht ist, das läßt sich einführen! Ich hätte da einen sehr geeigneten Patron vorzuschlagen: Sisyphos!

Der war zwar nicht katholisch, wäre aber sonst recht passend. Er war der Sohn des Königs von Korinth und mußte in der Unterwelt ein Felsstück auf den Gipfel eines steilen Berges wälzen, von dem es aber immer wieder, fast schon am Gipfel oben, herabrollte.

Na, liebe Berufskolleginnen und Hausfrauen, könnten wir uns von dem armen Korintherprinzen nicht gut verstanden fühlen?

Wer sich um den Haushalt müht, wälzt zwar keine Felsbrocken gipfelwärts, aber gewisse Ähnlichkeiten im Tun, die Vergeblichkeit betreffend, sind da doch ziemlich augenscheinlich.

Die Badewanne, die am Morgen säuberlich gereinigt wurde, hat am Abend wieder einen dicken, fetten Schmutzrand. Das Herrenhemd, das am Montag sorgfältig gebügelt wurde, liegt am Dienstag zerknittert im Schmutzwäschekorb. Die blitzblank gewischten Küchenmöbel behalten ihren prächtigen Zustand bloß ein paar Minuten, dann sind sie wieder voller Tapper von lieben, kleinen Schokoladefingern. Aus dem tadellos sortierten Nähkorb braucht bloß ein Stück Nachwuchs eine Nadel und einen Meter Faden zu holen, und schon hat er alles wieder in heillose Unordnung verwandelt.

Und das schönste viergängige Sonntagsessen ist kurz nach seiner Fertigstellung verschlungen. Zurück bleiben viel dreckiges Geschirr und Flecken auf dem Tischtuch. Der leere Mistkübel ist gleich wieder voll, die geputzten Schuhe sind gleich wieder dreckig, die polierte Türklinke ist gleich wieder voll trüber Fingerspuren, der abgewedelte Schrank ist gleich wieder verstaubt. Höchstens die eingekochte Marmelade hält sich ein bißchen länger; falls sie nicht verschimmelt.

Der arme, altgriechische Sisyphos wird wenigstens, durch die Jahrhunderte, wegen seiner schweren und vergeblichen Mühsal von jedermann sehr bedauert. Aber eine Hausfrau kann auf viel Mitleid nicht zählen.

Klagt sie oft, bekommt sie zu hören: »Das bißchen Haushalt wird doch noch zu schaffen sein!«

Und kommt ein kritischer Besuch unangemeldet gerade dann ins Haus, wenn die Hausfrau einmal ihre Haushalts-Felsbrocken »zu Tal« liegen und ihre Hände ruhen ließ, dann heißt es gleich: »So was von Schlamperei ist ja ganz unmöglich!«

Eines allerdings hält mich doch davon ab, den Sisyphos zum Haushalts-Schutzpatron zu erklären: Der Kerl wurde nämlich wegen seiner Verschlagenheit zum Felsbrockenwälzer. Daß uns ein Patron in den Geruch der Verschlagenheit brächte, hätte uns gerade noch gefehlt.

Wohnzimmernöte

Oft frage ich mich, wie sich Architekten, die für den sogenannten »sozialen Wohnbau« planen, die Mieter dieser Wohnungen eigentlich vorstellen? Klar ist ja wohl jedem Menschen, ob er nun Laie oder Experte auf dem Gebiet Wohnen ist, daß Menschen mit großem Bewegungsdrang mehr Raum zum Leben brauchen als Menschen, die ihre Freizeit eher sitzend zubringen. Also muß das auch den Architekten klar sein. Schaut man sich aber die übliche Neubauwohnung an, kommt man zum Schluß, daß die Architekten Papa und Mama für die Menschen in der Familie halten, die den größten Drang nach Bewegung haben. Sonst hätten ihnen die Architekten ja nicht ein riesiges Wohnzimmer und ein großes Schlafzimmer gebaut, während sie das Kinderzimmer in Liliputgröße geplant haben. Ganz so, als ob Kinder keine anderen Bedürfnisse hätten, als in einem Stockbett zu schlummern und hinter einer Schreibplatte Hausübungen zu erledigen.

Hält man Architekten diese wirklichkeitsfremde Bauweise vor, belehren sie einen dahingehend, daß das große Wohnzimmer ja kein Elternraum sei, sondern ein Gemeinschaftsraum für die ganze Familie, in dem Mama, Papa, Tochter und Sohn harmonisch und traut vereint der Freizeitgestaltung nachgehen können. Da kann ich nur beklommen »Prost Mahlzeit« murmeln.

Üblicherweise ist so ein Wohnzimmer mit einer Prunksitzgarnitur und einem Paradeteppich bestückt, die es übelnehmen, wenn schokoladige Kinderfinger freizeitgestalterisch unterwegs sind. Üblicherweise wünschen Eltern und Kinder eine sehr gegensätzliche Musikuntermalung zur Freizeitgestaltung. Und nur sehr selten verfolgen Papa und Mama die TV-Nachrichten mit voller Aufmerksamkeit, wenn hinter ihrem

Rücken der Sohn mit Plastikmonstern spielt, lauthals deren Todesschreie mimt und die toten Monster über den Spannteppich sausen, während die kleine Tochter auf der Kindertrommel ›Fuchs, du hast die Gans gestohlen‹ übt.

Und was ist, wenn Besuch kommt? Nehmen dann die lieben Kinderchen erfreut an der Debatte über AKWs, Koalition und Steuerreform teil? Oder sitzen die Besucher stumm da und schauen den lieben Kinderchen beim Kasperltheaterspielen zu? Solche quälenden familiären Situationen sind halt den guten Herren Architekten nicht bekannt. Sie wohnen ja selber in der Belle-Etage eines Jugendstilhauses oder in einer Cottage-Villa.

Ich bin ja gegen alle totalitären Zwangsmaßnahmen! Aber trotzdem fände ich es nett, wenn man die Architekten von »Sozialbauten« vertraglich dazu verpflichten würde, wenigstens drei Jahre lang in den von ihnen geplanten Wohnbauten zu wohnen. Ich denke, da würde sich bald viel zum Besseren hin verändern.

»Nachbarschaft wird zunehmend ein Arbeitsfeld für Polizei und Rechtsanwälte«, lese ich. Von Jahr zu Jahr mehren sich die Fälle, wo Polizei oder Gericht in den Streit zwischen Nachbarn eingreifen muß. Wenn man bedenkt, daß wir heute wesentlich mehr Wohnraum haben als früher, ist das eigentlich erstaunlich. Daß es in den alten Mietskasernen, in denen viele Menschen auf engem Raum zusammengepfercht leben mußten, zu allerhand Nachbarschaftszank gekommen ist, wundert niemanden.

Da hatte die Meier bei der »Bassena« schon wieder ein »Gwascht« gemacht und nicht aufgewischt! Und die Huber mußte ihr das endlich einmal »ins Gesicht sagen«. Da war der »Bua« von der Schestak schon wieder »über a viertel Stund« auf dem Gangklo gehockt und hatte hinterher nicht ordentlich gespült. Und der Swoboda hatte nicht eingesehen, wieso er »dazukommt, die Sauerei wegzuputzen«.

Aber Wasserleitungen und Klos auf dem Gang sind ja heutzutage im Aussterben. Streit um Benutzung und Säuberung dieser Gemeinschaftsorte fällt also weg. Und der Lärm, der aus einer 90 m^2-Wohnung, in der drei Personen leben, zu den Nachbarn dringt, muß doch etwas geringer sein als der Krawall einer vielköpfigen Familie, konzentriert auf Zimmer-Küche. Daß die Huber »hinterfotzig« ihren Staubfetzen in den Hof hinunter, auf die nasse Wäsche der Meier beutelt, kann auch nicht mehr passieren, denn die Huber hat heutzutage einen Staubsauger, und die Meier trocknet die Wäsche im Wäschetrockner.

Sicher, bellende Hunde und kreischende Kinder gibt es immer noch. Und die Hunde sind mehr geworden! Dafür sind die Kinder weniger geworden!

Ach ja, die Stereo-Anlagen hat es früher nicht gegeben. So laut, wie so eine Anlage plärren kann, hat früher kein noch so vitales Kind in die Klaviertasten hauen können. Aber dafür ist ja nun der Walkman in Mode, und der belästigt nicht einmal die eigene Familie, geschweige denn die Nachbarn.

Ich bin fest überzeugt: Objektiv gesehen, hat sich der Konfliktstoff im Nachbarschaftsbereich nicht vermehrt, sondern verringert! Man ist nur empfindlicher und gereizter geworden. Die Toleranzschwelle ist gesunken. Man fühlt sich in den »eigenen vier Wänden« nur mehr wohl, wenn von den Nachbarn nichts zu hören, zu sehen und zu riechen ist. Statt mit dem Besenstiel ungehalten an die Wand zu klopfen, ruft man die Funkstreife an, statt dem Nachbarn die Meinung zu sagen, läßt man das den Rechtsanwalt tun. Konfliktscheu in Ehren, aber: »Beim Streiten kommen die Leut zusammen!«

Beim Selberstreiten allerdings nur! Polizei und Gericht waren diesbezüglich noch nie sehr erfolgreich.

Abstellfläche gesucht!

Architekten, die Wohnungen bauen, mögen ja von allerhand reichlich viel verstehen, aber sie wissen nicht, was eine Durchschnittsfamilie an sonderbaren Dingen besitzt, die – jederzeit abrufbereit – irgendwo verwahrt werden müssen.

Hätten Architekten ein Fuzerl Problembewußtsein in dieser Angelegenheit, würden sie nicht Abstellräume in Klogröße bauen, in denen kaum Bügelbrett, Kehrbesen, Staubsauger, Eimer und Teppichroller Platz finden.

Architekten scheinen nicht zu wissen, daß wir außer diesen simplen Gerätschaften noch Kubikmeter von Hab und Gut horten, welches der Abstellfläche bedarf. Skischuhe und Schwimmflossen, Eislaufschuhe und Tennisschläger, Dreiräder und Rollschuhe, Nähmaschinen und Dampfentsafter, volle und leere Einsiedegläser, Schlauchboote und Vergrößerungsapparate, Langlaufski und Dia-Projektoren, Eishockeyschläger und Vogelkäfige, Tourenski und Luftmatratzen, altes Kinderspielzeug und Heizlüfter für die Übergangszeit.

Surfbretter und dazugehörige Gummianzüge, Rodeln und alte Wintermäntel, Sombreros und Zusatzdecken für Bärenkälte. All dieser Kram läßt sich ja wohl nicht im Vorzimmerkasten, so vieltürig er auch sein mag, unterbringen, und vom Dachboden, so man überhaupt noch einen hat, wird viel weggestohlen, und in den Kellerabteilen werden die abgestellten Sachen leicht modrig und muffig, wenn nicht gar total schimmelig.

Bevor ich ein eigenes Haus mein eigen nannte, dachte ich: Wohl dem, der Eigenheimbesitzer ist, der hat keinen Kummer mit Skiern, die im Sommer an der Garderobe lehnen, mit Eislaufschuhen, über die er täglich stolpert. Dem verstellt der Dampfentsafter nicht anderwärtig dringend benötigten Platz in den Küchenkasteln. Der bekommt auf seine wütende Rüge »Räum endlich den Projektor vom Tisch!« nicht die lähmende Antwort: »Wohin denn bitte?« Seit ich ein eigenes Haus mein eigen nenne, weiß ich, daß dieser Neid unbegründet war. Gewiß, nun habe ich einen Dachboden, von dem mir niemand etwas wegstehlen kann. Ich habe sogar einen unteren und einen oberen Dachboden. Und eine Rumpelkammer und einen Stadl habe ich auch. Und jeder Mensch in der Familie räumt jedwedes Ding, das ihm im Weg steht oder liegt, hurtig auf einen der Dachböden oder in den Stadl oder in die Rumpelkammer. Aber weil wir nun soviel Abstellplatz haben, werfen wir nichts mehr weg. Man weiß ja wirklich nie, ob man etwas nicht doch noch brauchen könnte! Also sind nun auch der obere Dachboden und der untere Dachboden und die Rumpelkammer und der Stadl vollgestopft mit Kramuri bis oben hin. Früher hat mir der Dampfentsafter viel Platz in den Küchenkasteln weggenommen. Jetzt habe ich keine Ahnung, wo er sich befindet. »Oben«, sagt mein Mann und deutet zum Dach. »Hinten«, sagt meine Mutter und zeigt zur Rumpelkammer. »Eher doch drüben«, vermute ich und eile zum Stadl. Vielleicht sind die Architekten, die kleine Abstellräume einplanen, doch nicht so lebensfremd, wie ich dachte.

Kochen und Essen

Lotto-Luftschlösser

Die Chance, im Lotto einen Haupttreffer zu machen, ist so gering wie sonst keine Chance im Leben. Der nächste »Glückspilz« zu werden, der viele Millionen kassiert, ist genauso wahrscheinlich wie die Möglichkeit, im Sperrmüll ein Sofa zu finden, in dessen Polsterung ein Goldschatz verborgen ist!

Ja, doch, solche Sofas gibt es! Ein Freund von mir war einmal im Besitze eines solchen. Nur leider hatte seine Urgroßtante, von der das Sofa stammte, ihr Vermögen nicht in Gold, sondern in Geldscheinen unter dem Roßhaar deponiert, und die Geldschein-Millionen hatten ihren Wert längst verloren. Aber wie auch immer, es ist unrealistisch, darauf zu hoffen, im Lotto das große Geldglück zu machen. Trotzdem kreuzeln hierzulande – und anderswo auch – enorm viele Menschen jede Woche hoffnungsfroh Zahlen an. Ich kenne auch Menschen, ansonsten recht vernünftig, die versinken schier in Depression, wenn sie Freitag am Abend merken, daß sie vergessen haben, den Lottoschein abzugeben. Sie klagen sich an, am Verlust von Millionen selbst schuld zu sein. Ganz so, als hätte ihnen Göttin Fortuna den nächsten Jackpot schon mit Garantie zugesagt.

Ich habe mehrere Lottosüchtige eingehend befragt und bin zur Einsicht gekommen, daß sich diese Menschen mit dem Lottoschein eine Basis kaufen, auf der sie Luftschlösser bauen können. Haben sie ihr gutes Geld in der Trafik abgeliefert, können sie träumen: Wenn ich die siebenundzwanzig Millionen gewinne, dann kaufe ich mir das Haus auf der griechischen Insel, und dem Xandi schenke ich einen roten Porsche, und die Susi kriegt das Klavier, und die SOS-Kinderdörfer, die kriegen auch was, und, und, und ...

Ich sehe ja ein, daß der Mensch solche Tagträume braucht, um sich das Leben zu erleichtern. Mich erstaunt nur, daß man sich den Eintritt ins »Reich der Luftschlösser« mit einem Lottoschein erkaufen muß. Wenn ich mir schon ein Leben im Haus auf der griechischen Insel zusammenträume und einen Porsche für den Xandi und ein Klavier für die Susi und, und, und ... dann kann ich mir doch noch dazu ausdenken, daß ich das Geld für alle diese schönen Sachen im Lotto gewonnen hätte. Oder daß ich einen Goldschatz im Sofa gefunden hätte! Und um den Betrag, den ich in den Lottoschein investiert habe, kaufe ich mir ein Sakkerl allerfeinste Bonbons!

Wenn man beim Luftschlössererrichten etwas Süßes im Mund hat, baut es sich doppelt so gut. Unser Einkommen wird doch ohnehin besteuert! Ich finde es übertrieben, auch noch für Tagträume Steuer zu zahlen.

Total Deo

Ich habe sicherlich nichts gegen köstlich duftende Mitmenschen. Sie sind mir gewiß lieber als vergammelte Stinker. Ich habe mich auch schon daran gewöhnt, daß mir – via Werbung – unentwegt Produkte angedient werden, die alle Versuche meines Körpers, Geruch zu entwickeln, im Keime ersticken. Und ich gestehe: Ich bin folgsam und kaufe mir diese schönen Produkte. Ich will ja »frisch« sein und »sicher«! Schließlich, und das ist ja das Satanische am »Menscheln«, weiß man selbst nie, wie einen andere Leute erschnuppern. Weil die anderen Leute taktvoll sind und nur hinterrücks die Nase rümpfen.

Da bekommt etwa – das weiß ich aus der Werbung – ein wunderschönes Mädchen keinen Freund, verzweifelt schier darüber und wird depressiv, bis sie von einer wohlmeinenden Freundin erfährt, daß es am Mundgeruch liegt, wenn ihr die Jünglinge fernbleiben. Worauf das wunderschöne Mädchen mit Mundwasser gurgelt und zum Star jeder Party wird! Doch diese wohlmeinenden Freundinnen und dieses Party-Star-Happyend gibt es eben leider nur in der Werbung, und überhaupt reicht ein Mundwasser noch längst nicht zum Deoglück! Gurgeln kann der Mensch ja wohl nur daheim. Wenn er sich außerhäuslich herumtreibt, kann er schwerlich gurgelnd einherschreiten. Also hat er einen Mundspray mit sich zu tragen, um sicher zu sein, daß der Genuß von Knackwurst in Essig und Öl mit Zwiebel drauf die Mitmenschen nicht frustriere. Sollte man aber zum Knoblauchessen neigen, nutzt der Frisch-Atem-Spray gar nichts, weil Knoblauchduft vom ganzen Körper abgegeben wird. Da bedarf es unbedingt eines Deosprays, den man von der Stirn bis zu den Knöcheln auftragen kann. Der wirkt auch gegen Achselschweiß, jedoch nicht gegen hartnäckige Schweißfüße. Für die gibt es ein Spezialerzeugnis. Und schließlich braucht man noch, wenn man Frau ist, die diversen diskret verpackten Dinger: die Deo-Slipeinlage und das Deo-Intimtüchlein etwa. Und nicht zu vergessen für beiderlei Geschlecht: das feuchte Wischpapier!

Wenn man alle diese Geruchshemmer und Geruchstöter schön brav benutzt, darf man endlich sicher sein, »sicher« zu sein. Und »frisch« dazu. Dann ist man vom Scheitel bis zum großen Zeh »deo« und kann sich ohne Schuld und Scham überall riechen lassen!

Ich wage es ja fast gar nicht zu gestehen, aber immer, wenn ich an meinen Großvater denke, und ich denke oft an ihn, denn er war ein sehr lieber Großvater, erinnere ich mich auch ganz stark an seinen Geruch. Eine Mischung aus Kernseife, Schweiß, Tabak und Knoblauch war das, ein guter Geruch war das. Einen besseren Geruch kann es gar nicht geben! Richtige Sehnsucht habe ich manchmal nach diesem Geruch. Aber in unserer perfekten »Deo-Zeit« werde ich ihn wohl leider nie mehr erschnuppern.

Mußt haben Gedrucktes!

Es mag ja Menschen geben, die schier vor Freude jubeln, wenn sie heimkommen und ein Plastiksackerl mit Werbematerial an ihrer Türklinke finden. Ich jedoch gehöre nicht zu diesen Menschen. Mich interessiert der Inhalt dieser Plastiktüten überhaupt nicht. Ich stopfe ihn ungelesen zum Altpapier. Ich will das Zeug einfach nicht haben!

Also klebte ich ein handgeschriebenes Kärtchen an die Wohnungstür, auf dem stand: BITTE KEIN WERBEMATERIAL! Als ich dann einen jungen Mann dabei ertappte, wie er wieder so einen Beutel an meiner Türklinke befestigte, und ihn auf mein bittendes Kärtchen hinwies, erklärte mir der junge Mann gleichermaßen freundlich wie bestimmt: »Gilt nix! Mußt haben Gedrucktes!«

Da man seinen Groll nicht an den »Kleinen«, die nichts dafür können, auslassen soll, behelligte ich den schwarzlockigen Knaben nicht weiter, sondern zog Erkundigungen ein, wo »Gedrucktes, was gilt« zu haben sei. Doch alle meine Freunde wußten nur, wo dieses Pickerl nicht zu haben sei. Nicht beim »Umweltministerium«, nicht beim »Konsumentenschutz«, nicht beim »Bürgerservice« und in der Papierhandlung schon gar nicht!

Aber schließlich bekam ich dann doch heraus, wo man das einzig gültige Klebeetikett mit der Aufschrift BITTE KEIN WERBEMATERIAL zu bestellen hat: bei der »Berufsgruppe Werbemittelverteiler«.

Brieflich muß man dort um das Pickerl einkommen! Und ein adressiertes Rückkuvert hat man beizulegen! Eines mit einer Briefmarke drauf, versteht sich!

Nun habe ich mein gutes Pickerl und einen Brief der »Berufsgruppe Werbemittelverteiler« dazu. Einen mit

»ein paar wichtigen Anmerkungen« wie den folgenden:

»... Pro Adresse kann übrigens nur ein Pickerl abgegeben werden ... Nach einer Vereinbarung mit dem Handelsministerium und der Bundeskammer wird der Kleber nur auf persönlichen Wunsch jedes einzelnen zugeschickt ... Sammelbestellungen sind leider nicht möglich ...«

Das heißt also: Wenn sich die zwanzig Wohnparteien eines Hauses einig sind, keinen Werbekram an ihren Türklinken zu wollen, können sie weder gemeinsam einen Aufkleber für das Haustor anfordern, noch können sie gemeinsam einen Brief schreiben, in dem sie um zwanzig Aufkleber ersuchen.

Nein, sie müssen zwanzig Briefe schicken! Und in jedem muß ein frankiertes Kuvert sein! Das macht: zwanzig Blatt Papier, vierzig Kuverts, vierzig Briefmarken und allerhand Mühe. Und das alles, nur damit sie etwas nicht mehr bekommen, was sie nie bestellt haben! Und solches wurde – laut Brief der »Berufsgruppe Werbemittelverteiler« – mit dem Handelsministerium und der Bundeskammer vereinbart? Irgendwie bleibt mir da die Luft weg! Ob vor Staunen oder Wut, darüber muß ich mir erst noch klarwerden.

Streik

Zehn Millionen Tonnen Verpackungsmaterial werden pro Jahr in der Bundesrepublik Deutschland verbraucht. Auf den ersten Blick scheint das eine unglaublich gigantische Menge zu sein, ergibt jedoch, umgerechnet, auf einen BRD-Bürger pro Tag etwas weniger als ein halbes Kilo. So erscheint die Sache schon sehr realistisch, denn schließlich ist fast jedes Ding, das man kauft, irgendwie verpackt.

Wir Konsumenten könnten mit weit weniger Verpackungsmaterial gut leben. Aber wir werden ja nicht gefragt.

Gefragt werden wir zwar nicht, aber Antwort geben könnten wir ja trotzdem. Die passende Antwort auf übertriebene und unsinnige Verpackung wäre der Verpackungsstreik. In den müßten wir treten. Geschlossen natürlich! Verpackungsgeneralstreik, sozusagen! Nehmen wir, zum Beispiel, ein gutgehendes Einzelhandelsgeschäft der Sparte Elektro- und Haushaltsgeräte, und stellen wir uns vor, daß sämtliche Kunden die erstandene Ware aus der Wellpappe und dem Styropor holen, dem Verkäufer die »Tara« hinschieben, freundlich sagen »Das brauche ich nicht« und friedlich mit der Ware solo von dannen eilen.

An einem Tag mit gutem Geschäftsgang würden am Abend die Verkäufer knietief durch Verpackung waten, und der Geschäftsführer geriete in mittlere Panik, denn er hätte ein »Abfallager« anzumieten oder die Müllabfuhr dreimal täglich anzufordern.

Da aber sowohl Müllabfuhr als auch Lagerplatz Geld kosten, würde sich der Geschäftsführer bei den Großhändlern beschweren, und die würden ihre Beschwerde an die Erzeuger weiterleiten.

»Der Trend geht nach unverpackter Ware«, würde es

heißen, und da Erzeuger vom »Trend« viel halten, wären bald die ersten Handmixer, Kaffeemaschinen, Föns ... und ... und ... und ... auf dem Markt, von denen die Werbung stolz verkünden würde: IN UMWELTFREUNDLICH REDUZIERTER VERPAKKUNG.

Uns Konsumenten würde, wenn wir die Verpackung bestreiken, kein bißchen Mehrarbeit entstehen. Ganz im Gegenteil. Auspacken müssen wir, was wir gekauft haben, sowieso. Tun wir das schon im Geschäft, ersparen wir uns daheim den Gang zur Mülltonne und das mühselige Zerreißen sperriger Kartons und den Ärger, ratlos mit einem vollen Mistkübel vor randvollen Mülltonnen zu stehen, die mit nichts als sperrigen Styroporplatten und Pappe uneffizient gefüllt sind. (Die meisten Menschen verzichten ja leider auf das Kleinreißen ihres Verpackungsabfalls.)

Alles, was man zum Streiken braucht, ist ein bißchen Selbstbewußtsein. Unter den rügenden Blicken der Verkäuferin das Herrenhemd aus der Cellophanhülle zu holen, dem Kragen den Kartonstreifen zu entfernen, dreizehn Stecknadeln aus dem Stoff zu ziehen und die stützende Pappe aus dem Hemdstock, ist sicher nicht üblich!

Geliebte Plastikdamen

Die liebsten Puppen fast aller kleinen Mädchen sind nicht nur hierzulande, sondern weltweit die Barbie-Puppen. Gewiß, kleine Mädchen haben auch ihre weichen, herzigen Schlummerle gern und mögen ihre Teddybären, aber eine stattliche Anzahl von langbeinigen, vollbusigen, beinharten Barbie-Geschöpfen scheint unbedingtes »Muß« in jedem Kinderzimmer zu sein, in dem ein weibliches Wesen logiert.

Eltern mit einigem Geschmack und Gespür dafür, wie kindgerechtes Spielzeug sein sollte, kaufen diese Plastikdamen nur schweren Herzens und mit sauren Mienen. Aber wenn ein Kind hartnäckig auf einem Wunsch besteht und immer wieder erklärt, daß doch »alle anderen das auch haben«, bleibt netten Eltern halt nichts anderes übrig, als dem kindlichen Begehr nachzugeben. Und selbst wenn sie hart bleiben, kämen die Plastikdamen irgendwie ins Haus, denn es gibt ja auch Omas und Tanten und Freunde, die Geschenke mitbringen und dabei nicht nach pädagogischen Gesichtspunkten auswählen.

Das Widerlichste an diesen Plastikdamen ist jedoch nicht der Ankauf, das sind die Folgekosten. Eine nackte Barbie ist nämlich nichts wert! Diese Damen sind ja nicht zum Liebhaben und Füttern und Herumtragen. Barbies sind auch keine Schlafgefährten, die man, in Erwartung von bösen oder schönen Träumen, an sich drücken könnte. Barbies sind nur zum Ankleiden. Sie sind die moderne 3-D-Version der alten papierenen Ausschneide- und Ankleidepuppen.

Sie sind allerdings viel unbescheidener als diese und wollen immer nach der letzten Mode gehen. Mit einem selbstgefertigten Häkelröckchen ist so eine Barbie nicht zufrieden. Sie will schließlich ja nicht hinter den

Barbies der Freundinnen zurückstehen. Sie braucht gekaufte Markenkleidung. Sie braucht auch Perücken und einen Haartrockner, eine Hollywoodschaukel und einen Liegestuhl, Schuhe und Taschen, ein Brautkleid und ein Sofa. Kurz und gut: Barbies konsumieren wie die Blöden!

Aber eigentlich sollten sich einsichtige Mamas darüber nicht allzusehr erregen, denn die lieben Mamas haben ja auch ihre Barbies. Die Barbies der Mamas flimmern einmal wöchentlich über den Bildschirm und heißen Krystle und Alexis und Rita und Sammy-Jo und schauen den Plastikdamen aus dem Kinderzimmer zum Verwechseln ähnlich. Und die Mamas hängen genauso sehr an ihren breitschultrigen, schmalhüftigen, langbeinigen, vollbusigen Lieblingen mit dem Plastiklächeln. Einziger Unterschied: Im Kinderzimmer werden die Plastikdamen wenigstens noch eigenhändig angezogen und wieder ausgezogen. Im Wohnzimmer, vor dem Fernsehapparat, läßt man die Hände ruhen und glotzt nur mehr.

PS: Noch ein kleiner Unterschied zwischen den Kinderzimmer-Barbies und den TV-Barbies wäre zu vermelden. Die Kinderzimmer-Barbies können nicht sprechen. Aber angeblich soll es Schallplatten mit Begleittext zur Ankleideorgie geben. Falls das ein Gerücht sein sollte, irgendwann werden sie schon kommen.

Spatzenhirn?

Frau X. und ihr Burli kaufen im Supermarkt ein. Der Burli grapscht sich Zuckerln aus einem Regal. Frau X. entwindet ihm die Zuckerln, tut sie zurück und sagt: »Burli, Zuckerln sind pfui für die Zanderln!«

Drei Schritte weiter will der Burli den Einkauf um ein Cola bereichern. Frau X. verwehrt auch dies. »Pfui, Burli«, sagt sie. »Nix wie Chemie ist da drin!«

Sogar Burlis Begehr nach einer Semmel wird von Frau X. abgeschmettert. Weißbrot ist ungesund!

Frau X. ist eben eine verantwortungsbewußte Mutter! Alles, was dem Burli schaden könnte, kommt nicht in den Einkaufswagen. Der Burli soll gesund aufwachsen!

»Heut versteht er's ja noch net«, sagt Frau X., »aber später einmal, da wird er mir's danken!«

Dann kommt Frau X. mit dem frustrierten Burli zur Kassa. Und was holt sie da, außer Vollkorn, Vitamin und Eiweiß, noch aus dem Einkaufswagen? Einen Haarspray, einen Möbelpoliturspray, einen Teppichschaumspray und einen Pflanzenglanzspray.

Erwartet sich Frau X. für ihren reichlichen Spraykonsum auch Sohnesdank? Etwa: »Danke, liebe Mama, für deine tatkräftige Mithilfe beim Abbau der Ozonschicht«?

Oder hat Frau X. noch nichts vom Ozonloch gehört? Oder weiß Frau X. nicht, daß die Treibgase aus den Spraydosen die Ozonschicht abbauen? Oder weiß Frau X. nichts von den schlimmen Folgen dieses Abbaus? Oder verwechselt sie die Atmosphäre mit einem Wollsocken und meint, Ozonlöcher könne man wieder stopfen?

Es scheint so, daß Frau X., besorgt um das Wohl ihres Burli, kapiert, daß Zuckerln seinen »Zanderln«

schaden. Ein Locherl im Zanderl vom Burli kann Frau X. nämlich sehen! Aber vom Ozonloch hört und liest man ja nur, das sieht man nicht. Dazu ist es viel zu weit oben! Ein Loch, das so weit oben ist, ist für Frau Xens Spatzenhirn derart abstrakt, daß sie es nicht als Bedrohung für ihren Burli ansehen kann; auch wenn es in Wirklichkeit für den Burli weit mehr Bedrohung ist als ein Zuckerl, eine Semmel und ein Cola.

Gestern hat mir eine Verkäuferin erklärt: »Haarlack ohne Treibgas führen wir nicht mehr. Den hat niemand gekauft!« Wenn das stimmt, dann wären ja die Spatzenhirne hierzulande die Regel! Aber das kann doch nicht sein! Woran liegt es also sonst, daß wir noch immer ein Volk der eifrigen »Sprayer« sind? Ich weiß es nicht. Ich finde keine vernünftige Erklärung! Vielleicht könnte mich eine meiner klugen, aber dennoch skrupellos Spray sprühenden Leserinnen brieflich über den tieferen Grund ihrer Sprayleidenschaft aufklären? (Porto ersetze ich gern.)

Junges Kaufverhalten

Zeitungsmeldungen ist zu entnehmen, daß Kinder und Jugendliche – laut Umfrage – einen enorm hohen Einfluß auf das Kaufverhalten der Eltern haben. Das heißt: Papa und Mama erwerben fast ausschließlich Dinge, die vor den Augen ihrer Kinder Gnade finden. (Nur wenn es um so langweilige Produkte wie Waschmaschinen, Bügelautomaten und Rasierapparate geht, entscheiden die Eltern allein.) Meine Freundin Annemarie will das nicht glauben. »Unfug«, sagt sie und schüttelt den Kopf. »Soweit kommt's noch, daß ich mir von den Kindern diktieren lasse, was mir zu gefallen hat!« Während sie dies sagt, knetet sie Mürbteig. Auf einem Marmorbrett knetet sie den Teig.

Da Freundin Annemarie eine Frau ist, der man nicht widersprechen soll, weil sie sonst bös wird, versuche ich das Thema zu wechseln, deute auf das Marmorbrett und sage: »Ein tolles Nudelbrett hast du. Ist das neu?«

»Haben wir gestern gekauft«, antwortet Freundin Annemarie stolz. »Wir«, erfahre ich, sind Annemarie und ihre Tochter. Und gleich hinterher erzählt mir Freundin Annemarie, daß sie zum Kleiderkaufen immer ihren Sohn mitnimmt, weil der einen erlesenen Geschmack in Kleiderfragen hat. Und morgen, sagt mir Freundin Annemarie zum Abschied, wird sie mit Sohn und Tochter etliche Elektrogeschäfte aufsuchen. Ein neuer Fernsehapparat muß nämlich her, und die jungen Leute, meint Freundin Annemarie einsichtig, verstehen halt von »technischen Daten« viel mehr als unsereiner.

Ich kann mich eines milden Lächelns nicht enthalten und sage: »Na siehst? Deine Kinder haben also doch einen gewaltigen Einfluß auf dein Kaufverhalten!«

»Nie im Leben!« ruft Freundin Annemarie empört. »Wir haben bloß den gleichen Geschmack.«Und fügt dann noch hinzu: »Weil ich eben trotz meines fortgeschrittenen Alters ein sehr moderner Mensch geblieben bin.«

Womit wir »am Punkt« sind! Wir leben in einer Zeit, in der Jungsein »in« ist. Wer nicht zum sprichwörtlichen alten Eisen gehören will – und wer mag das schon? –, hat Jugendlichkeit zu demonstrieren. Er muß sich also bemühen, das Verhalten von Jugendlichen zu imitieren. Wie ein Jugendlicher zu denken oder zu fühlen gelingt einem durch und durch erwachsenen Menschen kaum. Seine Freizeit wie ein Jugendlicher zu gestalten ist ihm ebenfalls zuwider. In Discos herumzusitzen oder vor einem Videospiel zu hocken steht einem Erwachsenen nicht gut zu Gesicht. Und sich einer »ersten Liebe« hinzugeben ist ihm völlig unmöglich. Was bleibt also? Man kann das Kaufverhalten der nachfolgenden Generation imitieren. Und das tut der erwachsene Mensch – laut Statistik – reichlich. Es ist ja nicht schlimm, wenn sich Freundin Annemarie ein Nudelbrett zulegt, das der Tochter gefällt. Schlimm wird es erst, wenn die Werbung das alles verarbeiten wird. Werden dann im TV knackige Frischwärts-Typen die allerneueste Rheumasalbe anpreisen?

Tomoffel gefällig?

In Holland hat man eine tolle Pflanze gezüchtet, die man Tomoffel nennt. Über der Erde trägt sie Paradeiser, unter der Erde Kartoffeln. Ich finde das, im Gegensatz zu vielen anderen Leuten, sehr schön, denn jeder vernünftige Mensch muß doch zugeben, daß die Wurzeln der Tomaten genauso unnütz sind wie das Kartoffelkraut. Und fruchtbarer Boden ist Mangelware, und die Weltbevölkerung ist wahrlich nicht satt! Und wenn wir erst einmal noch ein paar Tschernobyls hinter uns haben, dann werden wir froh sein, auf dem bißchen unverseuchter Erde, das uns dann noch geblieben sein wird, eine Pflanze zu haben, die an beiden Enden fruchtbar ist.

Jede Menge Geld sollte in die Forschung solcher Kombiprodukte gesteckt werden! Apfelbäume mit Brotrinde und Spinatblättern und Schwarzwurzeln könnte es ja auch geben. Und man sollte sich nicht nur um die Flora scheren. Die Fauna sollte auch nicht vernachlässigt werden. Vom Vieh, das wir essen, verzehren wir doch nur den geringsten Teil mit echtem Wohlbehagen: von der Ente die Brust, vom Hasen den Rücken, vom Schwein den Schlögel.

Wenn man eine Tomoffel züchten kann, könnte man sicher auch eine »Schweikuh« und einen »Enthas« züchten und aus diesen das ideale Konsumvieh, von vorne bis hinten ein einziger Leckerbissen. Ohne Kopf und Schwanz freilich, denn die paar raren Kalbskopf- und Ochsenschleppverehrer, die es heutzutage noch gibt, fallen nicht weiter ins Gewicht, für die lohnt Forschung nicht.

Sonderlich würde dieses Idealvieh nur anfangs wirken. Was Menschen noch nie gesehen haben, erschreckt sie. Aber Stadtkinder erschrecken ja auch, wenn sie zum ersten Mal eine echte Kuh sehen. Außerdem müßte das Ideal-Konsumvieh ja nicht durch die Straßen laufen oder auf Wiesen weiden! Tomoffel wachsen auch nicht im Stadtpark. Dort gibt es immer noch Rosen und Primeln! Man könnte ja, »fürs Aug«, wie meine Oma zu sagen pflegte, in Ställen und zur Besichtigung für Urlauber immer noch ein paar Kühe und Kaninchen und Schweine halten. Das wäre vernünftig! Doch man soll nicht immer nur an die Vernunft denken! Gefühle gibt es auch. Aber gerade, wenn es um Gefühle geht, und gerade dann, wenn diese etwas unsicher sind, wäre die Weiterentwicklung der Tomoffel ein wahrer Segen!

Ich kenne da ein Ehepaar, das kann sich seit einem Jahrzehnt nicht entscheiden, ob es sich lieber ein Kind oder einen Pudel zulegen solle. Kind und Pudel ist ihnen zuviel des Aufwandes. Und da fällt die Entscheidung recht schwer. Aber sie wünschen sich doch von ganzem Herzen einen lieben, kleinen Lebensgefährten. Die Entscheidung, wo er kindlich und wo er pudelig sein sollte, könnten sie gewiß treffen!

Mahlzeit!

Da unsere Umwelt total verschmutzt ist, gibt es kein unbelastetes Nahrungsmittel mehr, sondern bloß mehr oder weniger verseuchte Lebensmittel, und es liegt am Konsumenten, beim Einkauf »klug« zu wählen. Dazu reicht der gesunde Hausverstand nicht aus, da muß man die einschlägige Literatur studiert haben, um der Gefahr, die aus der Nahrung kommt, zu entgehen! Ich habe mich also wissend und klug gemacht und schreite über den Markt.

Fisch? Ja, der ist gesund. Aber aus Flüssen und küstennahen Gebieten nicht! Da enthält er Schwermetall und chlorierten Kohlenwasserstoff. Und der Thunfisch ist, falls er aus dem Mittelmeer stammt, gern mit Quecksilber verseucht. Ich frage den Fischhändler, woher der Thunfisch kommt. »Aus dem Meer!« sagt er und schaut mich an, als wäre ich eine Irre. Vielleicht doch lieber Muscheln? Die sind »pfui«. Die reichern wegen ihrer Filterfunktion jede Menge Schadstoffe an.

Fleisch? Da lauern Antibiotika und Hormone. Und selbst wenn der Bauer brav war und nicht »gespritzt« hat, wer weiß schon, mit wieviel Pestizid das Futter verseucht war. Wild? Nein! Das hat – teilweise – noch immer radioaktive Belastung über den Grenzwerten.

Rettich, Spinat und Salat haben zuviel Nitrat, Paradeiser schwanken diesbezüglich zwischen 0,4 mg und 750 mg pro Kilo, was ihnen aber nicht anzusehen ist. Sellerie hat Cadmium in sich, Blattgemüse hohe Bleiwerte. Aber Tomatenmark hat noch viel höhere! Wiesenchampignons enthalten Quecksilber, Erdäpfel sind innen voll Schwermetall, außen voll Blei. Und das Brot? Weizen bevorzugt Cadmium, Roggen Blei. Die Milch? In der sind die Gifte, die im Kuhfutter waren. Gefährliche PCBs etwa.

Obst? Gedüngt, gespritzt, konserviert! Da gilt die Regel: Je schöner, desto giftiger! Ein prächtiger Apfel kann bis zu sechzehnmal gespritzt sein. Reis? Der ist relativ unbelastet. Aber: Bei der Lagerung und beim Transport gelangen oft Giftrückstände aus den Lagerkisten in ihn. Wurst? Nitrit, Nitrat, Phosphat und jede Menge Chemie, die Geschmack, Haltbarkeit und Bindefähigkeit verbessern. Fett ist ein enormer Schadstoffspeicher. Konserven geben Blei ab, Zuckerln, Pudding und Eis enthalten Farbstoff, der Allergien auslösen oder sogar das Erbgut verändern kann.

Nun habe ich den Markt dreimal abgeschritten, und mein Einkaufskorb ist noch immer leer. Über Schadstoffe in der Nahrung weiß ich ja allerhand, aber ob ich meine Familie »gesund« verhungern oder »ungesund« am Leben erhalten soll, weiß ich noch immer nicht.

Inseln der Seligkeit

Wenn man durch die Straßen einer Großstadt geht und den Menschen, die einem entgegenkommen, in die Gesichter schaut, muß man zum Schluß kommen, daß das Leben eine harte, lustlose, unerfreuliche, kummervolle Sache sei. Die Mundwinkel hängen traurig, die Sorgenfalten furchen die Stirnen, die Nasen sind pflasterweise gerümpft, kaum ein Lächeln, kaum ein heiter blitzendes Augenpaar ist zu sichten. Aber es gibt auch in jeder Großstadt Inseln der Glückseligkeit! Straßenecken, an denen man nur glückliche Gesichter sehen kann, Gesichter mit sanft leuchtenden Augen, die einen zutiefst nach innen gekehrten Ausdruck haben! Diese Inseln der Seligkeit im bitteren Großstadtleben befinden sich dort, wo ein Eissalon ist, und die Träger des glückseligen Gesichtsausdrucks sind die Eisschlecker! Jedesmal, wenn ich an einem Eissalon vorbeikomme, erfreue ich mich am Anblick der verklärten Stanitzlträger. Jeglicher Harm, aller Streß ist aus ihren Gesichtern gewichen. Sogar der dicke Mann mit den tätowierten Armen, den – ohne Eistüte – jeder Filmregisseur vom Fleck weg als brutalen Unterweltler engagieren würde, schaut – mit Eistüte – drein wie ein heiteres Unschuldslamm.

Ich habe schon Menschen gesehen, die mit verbitterter Miene Gänseleber mampften und verkniffenen Auges Kaviar in den Mund stopften, doch vergrämt dreinschauende Eisschlecker sah ich noch nie!

Eis ist eben keine Nahrung, Eis ist nicht einmal ein Dessert. Eis ist eine Belohnung!

Eis bekam man als Kind, wenn man brav war. Und wenn man nicht ganz brav war und trotzdem ein Eis bekam, dann konnte man sicher sein, daß einen Mama und Papa sehr lieb hatten.

Nun ist man groß und erwachsen und belohnt sich, weil das sonst so selten wer tut, mit einem Eis. Und hat sich, weil die andern das nur unzureichend tun, selbst sehr lieb.

Man wird auf Stanitzldauer wieder zum glücklichen Kind und darf ein Kindergesicht aufsetzen.

Da aber Kindsein seine Tücken haben kann, ist auch des Eisschleckers Glück nicht immer ein ungetrübtes. Den Dr. Huber, zum Beispiel, den bringt kein Schicksalsschlag aus der Ruhe. Der behielt sogar seinen »coolen« Blick, als er vom Seitensprung seiner Ehefrau erfuhr. Der zuckte mit keinem Mundwinkel, als seine Aktien rapide fielen! Als ihm aber gestern, gleich nach Verlassen des Eissalons, die Himbeereiskugel vom Stanitzl kippte und aufs Pflaster platschte, da spiegelte sein Antlitz schieres Unglück wider und maßlose Verzweiflung. Und eine uralte, nicht geweinte Kinderträne kullerte aus seinem linken Auge.

März-Diät

Eine »Idealfigur« zu haben ist für den Sommer – logischerweise – noch weit erstrebenswerter als für den Winter, weil der Mensch im Sommer seinen Leib weit weniger bedeckt hält als im Winter. Was im Winter friedlich unter dicken Pullis schlummert, erregt im Sommer im Bikini höchsten Unwillen. So sagt man (oder besser: frau) jedes Frühjahr dem Winterspeck den Kampf an. Bei diesem Unternehmen kann man sich von Zeitschriften, die sich der gehobenen Eßkultur verschrieben haben, Rat und Hilfe holen. In ihren März-Ausgaben haben diese Journale stets eine »tolle Diät«.

Das Tollste an diesen Diäten ist, daß man nicht zu hungern hat. Jede dieser Diäten verspricht herrlichste Schlemmereien und höchsten Gaumengenuß. Ist ja klar! Den dummen Ratschlag, einfach die Hälfte zu essen, den könnte auch Tante Olga geben. Dazu bedürfte es keines Gourmet-Journals für fünfzig Schilling.

Ich habe so eine Eßkultur-Zeitschrift seit Jahren abonniert. Nach Jahrgängen geordnet stehen die bunten, schönen Hefte bei mir in der Küche. Ich weiß also genau, wie man in zwei bis drei Schlemmerwochen vier bis neun Kilo an Lebendgewicht verliert. Es geht ganz einfach. Nehmen wir den März 1983! Da schwört mein Journal auf das »Hacksteak«. Drei fettfreie Fleischlaberln pro Tag rät es an. Und ein Knäckebrotfrühstück zur Einstimmung. Mageres Faschiertes nämlich frißt rasant die Fettpölsterchen weg.

Sie mögen keine Hacksteaks? Macht nichts, denn im März 1984 mag auch meine schlaue Zeitschrift nichts mehr von »Hack« wissen und setzt auf Ballaststoffe. Wer Ballast futtert, wirft auch Ballast ab. Man muß sich das so denken: Ein Apfel hat hundertzwanzig Kalorien. Aber weil er reich an Ballaststoffen ist, nützt der Körper nur siebzig Kalorien aus, die übrige Energie verläßt den Körper ungenutzt. Klar, daß man da schlank wird.

Leider sind aber im März 1985 die Ballaststoffe wieder aus der Mode. Reis ist die 85er Devise. Sogar Reis mit Obers und Himbeeren.

Und im März 1986 gibt es eine »wundervolle Überraschung«. Die Kartoffel! Die ist nämlich ein echter Schlankmacher und ganz zu Unrecht in Verruf geraten, sagt mein liebes Journal. Ein halbes Kilo Erdäpfel am Tag, und aus jedem Fettbauch wird ein Twiggy-Rumpf.

Und 1987?

Da setzen wir wieder aufs Gemüse. Ein Kilo vermischtes Grünzeug pro Tag und dazu ein Hühnerei, und die Idealfigur für den kommenden Sommer ist garantiert.

Ich werde mir das heuer hübsch kombinieren. Die Hacksteaks aus dem 83er Jahr und dazu die Ballast-Linsen aus 1984, zuzüglich der Erdäpfel vom 86er Jahr und des Gemüses aus 1987. Und hinterher den Milchreis mit Himbeeren von 1985.

Wir werden ja sehen, was mein lieber Winterspeck dazu sagen wird.

Vielleicht hat er die Güte, vor lauter Diät-Verwirrung zu schrumpfen.

Leicht und bekömmlich

Die »neue Küche«, von den »Meisterköchen« aller Wohlstandsländer kreiert, wird von Kennern und Genießern sehr gelobt. Sie sei, hört und liest man, wunderbar »leicht« und »bekömmlich«. Die begnadeten Kochgenies, heißt es, hätten »Großmutters Küche« modernisiert und entschlackt und auf die Bedürfnisse von freudigen Fressern abgestimmt, die kaum mehr schwere körperliche Arbeit leisten, also Großmutters »schwere« Kost auch nicht mehr gut vertragen würden. Die fetten Einbrennen wurden vom Herd verbannt, die dicken, pampigen Soßen auch. Nichts mehr bleibt uns im Magen liegen, kein bitterer »Nußener« muß mehr gekippt werden, um die Verdauungsarbeit von »harten Brocken« fördernd zu unterstützen!

Bis ich in einem hübschen Kochbuch blättere, das ›Die besten Rezepte der besten Köche Österreichs‹ zum Inhalt hat, glaubte ich der »neuen Küche« ihre duftiglockere Leichtheit. Nun, nach dem Studium dieses Kochbuches, sitze ich sehr verdutzt da!

Mit Mehl gehen die »besten Köche« in der Tat sparsam um, wesentlich sparsamer als die sparsamste Großmutter. Kaum eine Prise davon gelangt in ihre Süppchen und Soßen. Die »besten Köche« nehmen, um Speisen Bindung und Konsistenz zu geben, Schlagobers und Eidotter. Das ist der Trick!

So kommen in vier Portionen Fischnockerln drei Deziliter Schlagobers, in vier Teller Weinsuppe ein viertel Liter Schlagobers und vier Dotter. Herrenpilze dünsten in einem achtel Liter Schlagobers und zehn Dekagramm Butter.

Ohne Obers gibt es kein Fasanenbrüstel und kein »Wildschwein slowakisch«. Zur »Mousse von geräucherter Forelle« braucht man – für sechs Portionen –

fast einen Liter Schlagobers! Nicht einmal das »Senfgemüse« und die »Gemüsetörtchen« kommen ohne Schlagobers und Dotter aus. »Leicht« soll das sein?

Dagegen ist ja Großmütterchens Schmalzeinbrenn ein echter Schlankmacher! Aber sehen wir einmal von den Kalorien ab, es gibt ja auch noch das Cholesterin, von dem man so wenig als nur möglich zu sich nehmen sollte, wenn man keinen Herzinfarkt bekommen will. Schlagobers und Eidotter sind wahre Cholesterinhämmer.

Wer um viel Geld bei den »besten Köchen« tafelt und sich dort ein mehrgängiges Menü genehmigt, der kommt gut und gern auf die Unmenge von Cholesterin, die seine ärztlich genehmigte Ration für zwei Wochen überschreitet.

Mag ja sein, daß sich der Genießer denkt: Lieber kurz geschlemmt, als lange gedarbt!

Doch Bescheid wissen sollte man wenigstens. Aufgeschlagenes Obers ist »luftig«, aber nicht »leicht«. Und »luftig« ist noch längst nicht »gesund«.

Kochbuchjammer

Kochbücher haben ihre Tücken. In Wirklichkeit sind sie nämlich nur für die brauchbar, die schon kochen können. Wer mit ihrer Hilfe die Kochkunst erlernen will, hat jedoch seine liebe Not.

»... und mache daraus einen mittelweichen Germteig ...«

Wie weich ist ein mittelweicher Germteig? So weich wie ein mittelweicher Radiergummi? Oder so weich wie eine mittelweiche Federkernmatratze? Mittelweich, in bezug auf einen Germteig, besagt nur dem etwas, der weiß, wie ein fester Germteig ausschaut. Wer aber noch nie einen Germteig gemacht hat, hat keine Ahnung, wie der »mittelweiche« beschaffen sein sollte.

Der Anfänger würde es exakter brauchen.

Aber das Exakte hat auch seine Tücken.

»... und lasse bei 95 Grad garziehen ...«

Die meisten Haushalte besitzen aber bloß ein Fieberthermometer, und dessen Meßvermögen endet leider bei 42 Grad Celsius. Groß in Mode sind ja jetzt auch die alten Kochbücher, die Küche à la Urgroßmütterlein anbieten. Besitzt man so eines im Original und nicht neu aufgelegt und an heutige Verhältnisse angepaßt, hat man auch als versierte Küchenfee Probleme. Ich habe so ein Kochbuch. In dem ist oft zu lesen, daß man »vom Kräutlein, das hinter dem Hause wächst« eine Handvoll überstreuen möge. Nun bin ich ja sogar so privilegiert, daß ich ein Haus habe, hinter dem ein Kräutlein wächst, aber ich wage doch nicht anzunehmen, daß ich andauernd Brennesseln über mein gutes Kochgut streuen soll. Kochbücher hingegen, die sich auf moderne Gegebenheiten eingestellt haben, sind oft auch nicht viel klarer, weil eben die Gegebenheiten quer durch die Lande sehr verschieden sind. Zur Soße, lese ich da zum Beispiel, möge ich »zwei Töpfe Sauerampfer« erstehen. Woraus ich nur ersehe, daß dort, wo der Kochbuchautor wohnt, Sauerampfer in Töpfen verkauft wird. Da, wo ich wohne, wächst er auf der Wiese, und wie viele Stengel von ihm einen Topf ausmachen, kann ich doch nicht ahnen. Und ganz ratlos wird man, wenn die Kochbücher mit der Meßeinheit »Eßlöffel« daherkommen!

Die Eßlöffel, die in meinen Küchenladen lagern, sind unheimlich verschieden, was ihr Fassungsvermögen anbelangt. Die, die ich von meiner Großmutter ererbt habe, sind doppelt so groß wie die, die ich mir gekauft habe.

Auch »4 Eier der Gewichtsklasse 2« sind weder mir noch meiner Eierfrau ein Begriff.

Am klügsten wäre es natürlich, in allen Kochzweifelsfällen eine versierte Köchin zu Rate zu ziehen. Doch manche dieser versierten Köchinnen geben noch viel tückischer Auskunft als das hinterhältigste Kochbuch.

»Wieviel Mehl kommt denn nun in den Germteig?« fragt man sie, und sie antworten: »So nach Gefühl halt!«

Für den, der keine diesbezüglichen Gefühle hat, ist das wahrlich eine gefühllose Antwort.

Schule

»Stinkfaul!«

Viele Mütter verlassen nach einer Aussprache mit dem Klassenvorstand ihres Kindes sehr bekümmert die Schule, weil sie in der Sprechstunde zu hören bekamen: »Begabt ist Ihr Kind gewiß, aber es ist leider auch stinkfaul, und ohne Fleiß geht es halt leider nicht!«

Liebt der Klassenvorstand eher die psychologisierende Diktion, kann es auch heißen: »Mit dem Intelligenzquotienten hat es keine Probleme, aber die Motivation fehlt!« Drückt sich der Klassenvorstand gern modisch-zeitgeistmäßig aus, dann wankt die arme Mutter mit der Botschaft aus der Schule, einen »Leistungsverweigerer« zum Kind zu haben.

Also, eines ist ganz sicher: Man kommt nicht »faul« zur Welt. Es gibt auch kein »faules« Kleinkind. Kleine Kinder sind die fleißigsten, motiviertesten Menschen auf Erden. Unentwegt sind sie auf Leistung aus! Ständig wollen sie etwas tun, wollen helfen, wollen »selbermachen«, alles wollen sie wissen, voll der Neugier fragen sie vom Morgen bis zum Abend, und »Arbeiten« gehört zu ihren Lieblingsspielen.

Der Drang zu arbeiten und zu lernen steckt in jedem kleinen Kind. Warum Jahre später von diesem Drang oft gar nichts mehr zu merken ist, kann allerlei Ursachen haben. Aber Ursachen hat es! Kein Kind beschließt: Ab jetzt bin ich faul, da habe ich es viel besser im Leben!

(Obwohl diese Einstellung, wenn ich mich im Leben so umschaue, einiges für sich hätte.)

Daß sich eine Mutter um ihr Kind, welches von den Lehrern als »stinkfaul« bezeichnet wird, Sorgen macht, ist verständlich. Da ist irgend etwas schiefgelaufen! Da gilt es zu erkennen, wo die Ursachen für diese Leistungsverweigerung liegen und wie man das Kind motivieren könnte!

Aber Sorgen um die Zukunft dieses Kindes muß sich die arme Mutter noch längst nicht machen.

Ich erinnere mich noch recht gut daran, daß meine liebe Frau Mutter zwölf Jahre lang mit kummergefurchter Stirn von den Schulsprechtagen heimkam und seufzend zu mir sagte: »Madl, Madl, daß d' stinkfaul bist, haben alle Lehrer gesagt! Madl, Madl, wie soll denn das weitergehen mit dir? Warum kannst denn nicht ein bißl fleißiger sein?«

Und dreißig Jahre später dann pflegte meine liebe Frau Mutter mit kummergefurchter Stirn tagtäglich seufzend zu mir zu sagen: »Madl, Madl, jetzt hör doch endlich einmal zu arbeiten auf! Übernimmst dich ja! Kannst net auch ein bißl faul sein? Es gibt ja im Leben auch noch was anderes als Arbeit!« Aus »stinkfaulen« Schülern können »bienenfleißige« Erwachsene werden. Umgekehrt ist es übrigens auch möglich ...

Also: Was einmal aus kleinen »Faulianen« wird, wissen weder die Lehrer noch die Mütter, noch sonstige unkende Bezugspersonen. Und solange man nichts Genaueres weiß, darf man wohl immer noch das Beste annehmen!

Große Hunde, kleine Autos

Für »Taferlklaßler« bringt, jeder weiß es, das erste Schuljahr oft eine Menge Schwierigkeiten. Doch alles, was in der Schule passiert, ist nicht lebensgefährlich. Lebensgefährlich aber kann der Schulweg sein. Es gibt jede Menge guter Ratschläge, wie Eltern den Schulweg ihres Taferlklaßlers halbwegs sicher machen können. Ein Schulweg-Training ist nötig. Nur Straßenübergänge mit Ampeln nehmen! Oder wenigstens Übergänge mit Zebrastreifen. Niemals zwischen parkenden Fahrzeugen auf die Fahrbahn treten! Nicht auf der Gehsteigkante gehen! Vor dem Überqueren der Fahrbahn erst nach links schauen und dann nach rechts und dann zügig, aber ohne zu rennen, die Fahrbahn überqueren!

Hat ein Schulanfänger diese Grundregeln nicht nur verstanden, sondern sind sie ihm auch fest antrainiert, so ist er einigermaßen darauf vorbereitet, den Schulweg ohne Unfall zu schaffen. Doch kleine Kinder sind keine Computer. Kinder sehen anders als Erwachsene. Sie können, das haben Tests ergeben, Entfernungen schlecht abschätzen. Sie können auch, dazu bedarf es gar keiner Tests, so intensiv an etwas denken, daß sie auf alles andere – inklusive des Straßenverkehrs – vergessen. Und Kinder verlieren, wenn sie Angst haben, leicht die Kontrolle über sich. Meine Tochter wäre – zum Beispiel – in Taferlklaßlerzeiten bedenkenlos auf die Fahrbahn geflüchtet, wäre ihr auf dem Gehsteig ein großer Hund ohne Beißkorb bedrohlich nahe gekommen. Und rasant heranflitzende Pkws, besonders wenn sie knallrot waren, erschienen ihr weniger gefährlich als langsam heranrollende Riesenlaster. Und wenn drei Schulfreunde unvorsichtig die Straße überquerten, dann wollte sie auch nicht »feig« sein. Und das bessere Wissen war total weg, wenn sie spät dran war und fürchten mußte, zu spät in die Schule zu kommen.

Kinder sind eben unberechenbar. Am sichersten ist der Schulweg für Schulanfänger immer noch in Begleitung eines Erwachsenen. Doch davon abgesehen, daß berufstätige Mütter diesen Geleitschutz selten geben können, mögen ihn viele Taferlklaßler gar nicht. »Allein« in die Schule zu gehen bedeutet für sie viel. Sie wollen selbständig und »groß« sein. An der Hand der Mutter zu gehen ist »baby«. Milde verächtlich hat meine Tochter von einem Klassenkollegen gesagt: »Der wird ja von der Mama abgeholt!«

Was da zu tun wäre? Eine Taferlklaßler-Mama hat mir von einer Schulweg-Gemeinschaft erzählt. Sie geht mit ihrem Kind ein bißchen früher als nötig aus dem Haus, macht ein paar Umwege und sammelt dabei etliche Kinder ein. Acht Kinder liefert sie schließlich vor dem Schultor ab. Sieben Mütter müssen um ihre Kinder keine Angst mehr haben, und sieben Kinder sind zufrieden, weil es überhaupt nicht »baby« ist, gemeinsam in die Schule zu gehen.

Sie meinen, liebe Leserinnen, solche selbstlosen Mütter, die für Gotteslohn Lotse spielen, seien rar? Da unterschätzen Sie Mütter gewaltig! Wetten, daß es auch in der Klasse Ihres Kindes so eine Mutter gibt?

Eins, zwei, drei, vier, fünf ...

Seit geraumer Zeit sind wieder einmal die Schulnoten ins Gerede gekommen, und die uralte Debatte, ob man kleinen Taferlklaßlern eher mit einem stramm hingeschriebenen Einser oder mit einem artig lobenden Sätzchen gerecht werden könne, ist wieder entbrannt.

Daß die Notengebung, die sich bloß auf Ziffern zwischen 1 und 5 beschränkt, nicht wirklich »gerecht« sein kann, wird wohl kein halbwegs einsichtiger Mensch bestreiten. Bekommt der kleine Hansi ins Zeugnis einen Zweier in Rechnen, weiß man ja noch längst nicht, ob der kleine Hansi ein »hochbegabter« Rechner ist, dem gern – vielleicht aus Mangel an Konzentrationsvermögen – ein paar »Flüchtigkeitsfehler« unterlaufen, oder ob er ein strebsam arbeitender Knirps ist, der sich – vielleicht mit Hilfe seiner noch strebsameren Mama – diesen Rechenzweier mühsam erarbeitet hat. Und einem Dreier, egal in welchem Unterrichtsgegenstand, ist auch nicht anzusehen, ob sich da ein Schüler redlich und allein mit dem Lehrstoff abgeplagt hat, oder ob die Eltern des Schülers viel Geld in Nachhilfeunterricht investiert haben, damit ihr Kind eine »befriedigende« Leistung erbringt.

Könnte die »verbale« Beurteilung an dieser Ungerechtigkeit viel ändern? Sie könnte diese Ungerechtigkeit wahrscheinlich etwas mildern.

Ich kenne – zum Beispiel – ein Kind, das erbrachte zu Beginn des vergangenen Schuljahres in Englisch keinerlei Leistung. Auf fünfzig »schwere« Fehler pro Schularbeit brachte es dieses Kind. Mit viel Mühe und Ausdauer und Fleiß und Nachhilfe gelang es diesem Kind im Laufe des Schuljahres, die »schweren« Fehler auf fünfzehn Stück pro Schularbeit zu reduzieren. Das ist immerhin eine gewaltige Leistung! Aber im Zeugnis konnte der Englischlehrer, obwohl der guten Willens war, diese gewaltige Leistung in keiner Weise berücksichtigen, denn für fünfzehn schwere Fehler bekommt man das gleiche »Nicht genügend« wie für fünfzig schwere Fehler.

Ein »verbales« Lob im Zeugnis, daß sich dieses Kind »sehr bemüht hat und sehr fleißig war und schon recht viel aufgeholt hat«, hätte dem kleinen Englisch-Versager nicht nur Freude bereitet, sondern garantiert auch seiner Ich-schaff's-ja-doch-nie-Resignation entgegengewirkt.

Für die guten Schüler ist es wahrscheinlich »Jacke wie Hose«, ob sie mit Ziffern oder mit Sätzen benotet werden, aber die sogenannten »schlechten« Schüler könnten nach Art und Weise ihres schulischen Mißerfolgs besser voneinander unterschieden werden. Nur müßte dann ja auch in diese verbale Beurteilung allerhand über die charakterliche Eigenart und die psychische Verfassung des Schülers einfließen.

Ob sich da nicht sehr viele Lehrer – einsichtigerweise – überfordert fühlten? Oder könnte etwa in einem Zeugnis stehen: „... die Passivität des Schülers dürfte auf die Ehekrise der Eltern zurückzuführen sein ...«?

Muß eine gute Mutter wirklich ...?

Was sich Mütter von einem »guten« Lehrer erwarten, ist bekannt. Gerecht soll er sein, Geduld soll er haben und Humor, den Kindern soll er »was beibringen können«, Einfühlungsvermögen soll er haben und Güte und ...

Aber was erwarten sich eigentlich die Lehrer von einer »guten« Mutter? Darüber gehen die Ansichten ziemlich auseinander. Einig ist man sich nur darüber, daß eine »gute« Mutter ihr Kind ausgeschlafen, sauber gewaschen und gekleidet zur Schule schickt, daß sie ihm ein »gesundes« Jausenbrot mitgibt und – wenn angefordert – den Beitrag für den Elternverein oder andere kassierende Institutionen. Auch hat die »gute« Mutter dafür zu sorgen, daß die Turnhose geflickt ist und der Malpinsel mehr als vier Haare hat. Wenn das Kind krank ist, darf die »gute« Mutter nicht vergessen, es in der Schule krank zu melden, und zum Elternsprechtag erwartet sich der Lehrer das Erscheinen der »guten« Mutter auch.

Aber darüber hinaus? Hat man als »gute« Mutter darauf zu schauen, daß die Schultasche ordentlich eingeräumt ist? Hat man Hausübungen zu kontrollieren? Oder hat man sogar dem Kind mit Argusaugen beim Hausübungschreiben über die Schulter zu linsen, um ein überflüssiges »stummes H« gleich im Keime zu ersticken? Oder muß man gar, wenn sich das liebe Kind dieser Mühe entziehen will, mit »guter« Mutterhand eine Zierleiste unter die Aufgabe malen? Muß eine »gute« Mutter stundenlang mit dem Kind »Einstechen – Faden durchholen – Masche auf die andere Nadel« trainieren? Muß sie aus einer Klopapierrolle einen Nikolaus basteln?

Ich meine, sie muß nicht! An den Hausübungen sollen die Lehrer schließlich erkennen, was die Schüler bereits tadellos beherrschen und was noch nicht »sitzt«. Die Fähigkeiten der Mutter bezüglich der Einfügung von »stummen Hs« sollen nicht getestet werden! Und wenn es endlich einmal alle »guten« Mütter sein ließen, häkelnd, strickend und hohlsaumnähend die Arbeitsstücke ihrer Kinder voranzutreiben, dann müßten endlich ein paar Arbeitslehrerinnen einsehen, daß sie arme, kleine Kinderfinger oft maßlos überfordern.

Und was tut ein armer Lehrer beim Anblick von dreizehn perfekt gebastelten Mutter-Nikoläusen und dreizehn weit weniger perfekten Eigenprodukten von Kindern? Lobt er dann die Prachtexemplare? Oder stellt er sich blind, tut, als merke er keinen Unterschied, und belobigt alle?

Ich wette, bevor er überhaupt etwas sagt, verwünscht er im geheimen alle »guten« Mütter.

Etliche meiner Bekannten arbeiten im Mai viel mehr als sonst. Sie sind Lehrer und haben es sich zum Ziel gesetzt, ein paar Schüler vor einer Nachprüfung oder dem Sitzenbleiben zu bewahren. Bei diesen handelt es sich nicht um Schüler, die sie in der Schule unterrichten, sondern um Nachhilfeschüler.

Ich kenne ein Elternpaar, das im April und im Mai fünftausend Schilling an Nachhilfelehrer bezahlt hat und nun einem Zeugnis mit ausschließlich positiven Noten entgegenschaut. Reiche Leute sind das nicht.

Die Investition ist ihnen schwergefallen. Aber das Kind ein Jahr länger zur Schule zu schicken würde schließlich noch mehr kosten, erklärt mir der Vater. Außerdem sei die Frustrationsschwelle der heutigen Jugend ja nicht sehr hoch, erklärt mir die Mutter. Niemand könne ihr garantieren, daß der Sohn die verlängerte Schulzeit auf sich nehmen werde, der »Aussteiger« in Schülerkreisen seien ja genug. Und die Zukunftschancen für Jugendliche, die mit sechzehn oder siebzehn Jahren die Ausbildung abbrechen, stehen nicht gut.

So gesehen ist die Investition in Nachhilfestunden das Beste, was Eltern zu ihrem und ihrer Kinder Wohle tun können; zum Wohle der Lehrer und Nachhilfelehrer auch, denn Lehrer schätzen es nicht, unter ihren Schülern viele Sitzenbleiber zu haben, und Nachhilfelehrer können durch ihre Nebenbeschäftigung den Lebensstandard ein Stück anheben.

Eine meiner Bekannten, Frau X., ist Mathematiklehrerin an einer AHS. Fünf Schüler, sagt sie, werden heuer wahrscheinlich bei ihr in Mathematik mit einem »Nicht genügend« abschließen. Bei denen, sagt sie, sei Hopfen und Malz verloren!

Ihre Nachmittage verbringt Frau X. im Moment damit, fünf Schülern Mathematik beizubringen, von denen ihre Kollegen behaupten, daß bei denen Hopfen und Malz verloren sei. »Stimmt ja nicht!« sagt Frau X. »Alle fünf sind gescheite Kinder!« Und erzählt mir, daß man mit allerhand Tricks und viel Einfühlungsvermögen diese Kinder sehr wohl aufbauen, motivieren und zu guten Leistungen bringen könne. Anzunehmen ist, daß auch die Nachhilfelehrer, die durchfallgefährdete Schüler von Frau X. betreuen, ähnliche Aussagen machen und für motivierbar und lernfähig halten, die Frau X. mit einem »Nicht genügend« aus ihren Klassen weisen will.

Moral von der Geschichte? Keine! Die Geschichte ist zutiefst unmoralisch. Einziger Lichtblick, den ich anbieten kann, ist der, daß es Lehrer gibt, die Schüler »aufbauen und motivieren« und zu guten Lernerfolgen bringen, ohne dafür Extrageld zu kassieren. Da man sich aber nur die Nachhilfelehrer auswählen kann, die »normalen« Lehrer aber schicksalsträchtig zugeordnet bekommt, dürfte dieser »Lichtblick« für Eltern kein großer Trost sein.

Der Ernst des Lebens

Daß mit dem Schuleintritt auch der Ernst des Lebens anfängt, ist freilich Unsinn, denn den lernt man von Geburt an kennen. Auch für Kindergartenkinder ist das Leben nicht immer so eitel Sonnenschein, wie verkitschte Erwachsene meinen. Aber es stimmt schon: Die Schule bringt für viele Kinder zusätzlich Probleme, die das Leben schwermachen. Mit den Klassenkollegen zurechtzukommen mag ein Problem sein, doch das größte Problem ist sicher, den Erwartungen, die Papa und Mama – unter Umständen auch Opa, Oma und Tante Fini – haben, zu entsprechen. Diese Leute erwarten sich viel! Wir leben ja in einer Leistungsgesellschaft, an die wir unsere Kinder anpassen wollen. Zu deren Bestem natürlich!

Erfüllt der Taferlklaßler »leistungsmäßig« die Anforderungen, die die Schule stellt, sind die Eltern stolz und zufrieden. Haben sie einen »Schulversager«, verlieren sie die Fassung. Egal, wie sie ihren Frust ausleben, ob sie Ohrfeigen geben, schimpfen, traurig schauen oder mit dem Knirps »üben« wie die Wilden, das Kind merkt, daß die Eltern enttäuscht sind. Das will das Kind nicht. Es hat ja gelernt, daß es nur dann geliebt wird, wenn es so ist, wie die Eltern wollen. Hundertmal schon in seinem jungen Leben hat es erfahren, daß man ihm Liebe entzogen hat, wenn es sich nicht so verhalten hat, wie die Eltern das wünschten. Nun, wo es um Schulleistung geht, steht das Kind besonders hilflos da. Die »Leistung«, nicht mit dem Bruder zu streiten oder die Spielsachen aufzuräumen, kann das Kind, auch wenn es ihm schwerfällt, erbringen, um der Liebe der Eltern sicher zu sein. Die »Leistung«, zehn Buchstaben schön gerade und gleich groß nebeneinander hinzumalen, gelingt ihm aber nicht. Die kleinen Finger schaffen es nicht! Windschief stehen die Buchstaben da, und der letzte ist doppelt so groß wie der erste, und die Mama schaut die Buchstaben an und macht ein Gesicht, als ob der Weltuntergang noch vor dem Nachtmahl zu erwarten wäre. Und je mehr die Mama ein Weltuntergangsgesicht macht, umso windschiefer werden die Buchstaben. Und je windschiefer die Buchstaben werden, umso mehr Weltuntergangsstimmung überkommt die Mama. Und wie ist dieser verflixte Teufelskreis zu unterbrechen? Indem man lacht und sich sagt, daß zehn Buchstaben – und mögen sie auch quer liegen und einer doppelt so groß sein wie der nächste – nicht der Weltuntergang sind, ja nicht einmal etwas mit dem »Ernst des Lebens« zu tun haben. Sie sind zehn schiefe Buchstaben und sonst nichts! Zehn Buchstaben, von einem Kind geschrieben, das sich bemüht hat und es nicht besser geschafft hat. Von einem Kind, das eine Menge herrlicher Eigenschaften hat; vielleicht sogar die, daß es in ein paar Wochen, so man es nicht verunsichert, völlig gerade und gleichgroße Buchstaben schreiben wird.

Von den Nerven der Lehrer

In einer Wochenzeitschrift las ich eben, daß eine Erhebung unter 1087 Lehrern und Lehrerinnen folgendes ergeben habe:

Von 305 Lehrern fühlen sich nur 46 gesund, von 782 Lehrerinnen nur 200. Der weitaus größte Teil fühlt sich krank und klagt insbesondere über Nervenkrankheiten wie Kopfdruck, Herzklopfen, Angstzustände und Zwangsgedanken.

Was unter »Zwangsgedanken« zu verstehen ist, weiß ich nicht und kann es beim Erheber der Untersuchung auch leider nicht erfragen, denn dieser, ein gewisser geheimer Sanitätsrat Wichmann-Harzburg, weilt garantiert nicht mehr unter uns auf Erden. Die Wochenzeitschrift, der ich den bedauerlichen Nervenzustand von Lehrpersonen entnahm, wurde im November 1903 gedruckt. Man sieht also, daß der Lehrberuf schon immer ein enorm an den Nerven nagender war! Es kann daher nicht so sein, wie viele, mir bekannte und heute noch amtierende Lehrer behaupten, daß ihr übler Nervenzustand auf das noch üblere Betragen ihrer Schüler zurückzuführen sei, denn die Schüler im Jahre 1903 waren doch gewiß von ganz anderer Benehmensart als heutige Kinder.

Die Uropas und Uromas der 1989er Schüler waren nicht frech und nicht unbotmäßig, sie anerkannten noch Autorität und hatten garantiert keine Konzentrationsschwierigkeiten, verursacht durch zuviel Fernsehen und Videospielen. Sie stammten auch nicht zu gut einem Drittel aus gescheiterten Ehen, und ihr Kinderleben wurde kaum durch Hektik, Rastlosigkeit, Konsumwahn und übertriebene Toleranz der Eltern verwirrt. Und berufstätige Mütter, die es angeblich an Zuwendung und Aufsichtspflicht mangeln lassen, hatten sie ebenfalls nur sehr selten. Und trotzdem schafften es diese Kinder, ihre Lehrer zu achtundsechzig Prozent nervenkrank zu machen, ihnen Angstzustände und Zwangsgedanken zu verursachen!

Daraus läßt sich eigentlich nur schließen, daß eine große Schar von Kindern, ganz gleich, wie sie sich verhalten, für ihre Betreuer zumeist eine arge Nervenplage sind!

Ein anderer Schluß wäre freilich auch noch möglich. Nämlich der, daß nervenkranke Menschen, die zu Kopfdruck, Herzklopfen, Angstzuständen und Zwangsgedanken neigen, gern den Lehrberuf ergreifen. Vielleicht weil sie meinen, durch viele und lange Ferien und freie Nachmittage ihre angegriffenen Nerven schonen zu können?

Aber dieses wollen wir denn lieber doch nicht annehmen, denn dies wäre ja nicht nur für die Lehrer, sondern noch weit mehr für die armen Schüler ein gar schrecklicher Zustand.

Schnupfen – Husten – Heiserkeit!

Es soll ja angeblich Kinder geben, die hin und wieder für etliche Tage der Schule fernbleiben, obwohl sie kerngesund sind und auch sonst keine, von der Schulobrigkeit als »triftig« anerkannte Gründe haben, dem Unterricht fernzubleiben. Die Entschuldigungen, die übertolerante Eltern diesen Kindern schreiben, geben als Ursache des Fernbleibens von der Schule üblicherweise zu dieser Jahreszeit »Husten, Schnupfen, Heiserkeit« an; ganz gleich, aus welchen unehrenhaften – oder auch einsichtigen – Motiven das Kind tatsächlich die Schule schwänzt.

Es gibt aber zumindest ebenso viele Kinder, die zu dieser Jahreszeit in der Schule sitzen, obwohl sie daheim im Bett liegen sollten, um ihren Husten, ihren Schnupfen und ihre Heiserkeit auszukurieren. Diese armen Hascher hocken – oft sogar mit Fieber – hinter ihren Pulten, verschneuzen Familienpackungen Papiertaschentücher, niesen dem Pultnachbarn das Genick naß, husten den schönsten Lehrervortrag in Grund und Boden und verbreiten ihren Grippevirus unaufhaltsam durch die ganze Klasse.

Der Gründe, warum grippekranke Kinder zur Schule geschickt werden, sind viele. Da gibt es einmal unter den Eltern die »Gepriesen-sei-was-hart-macht« – Typen. Die meinen, man verhätschle und verzärtle ein Kind, wenn man es wegen jedem »Wehwehchen« daheim lasse. Sie sagen: »Siebenunddreißigfünf ist kein Fieber, das ist bloß erhöhte Temperatur.«

Und außerdem gibt es ja fiebersenkende Pillen und Zäpfchen.

Aber es gibt auch die ehrgeizigen Eltern, die meinen, das Kind könnte in der Schule etwas »versäumen«. Sie sagen: »Nächste Woche ist Mathe-Schularbeit, und jetzt üben sie die Beispiele, die kommen werden!« Daß das arme Kind mit Schneuzen und Husten zu beschäftigt ist, um die Übungsbeispiele überhaupt mitzubekommen, fällt ihnen nicht ein. Und schließlich gibt es noch die Eltern, die ihr krankes Kind schweren Herzens in die Schule schicken, weil sie niemanden haben, der das Kind daheim beaufsichtigen könnte. Nicht jede berufstätige Mutter hat eine Omi zur Hand, die hurtig heraneilt, um das Enkerl zu pflegen. Und Nachbarinnen, die nach bettlägerigen Kindern schauen, sind rare Einzelfälle. Eine berufstätige Frau hat natürlich Anspruch darauf, »Pflegeurlaub« zu nehmen. Aber so oft, wie eine Mutter von schulpflichtigen Kindern diesen Anspruch wahrnehmen müßte, wird ihr das, bei der heutigen Arbeitsmarktlage, kaum möglich sein.

Warum gibt es eigentlich nicht längst einen staatlichen oder gemeindeeigenen Betreuungsdienst für kranke Kinder? Der wäre doch auch im Interesse der gesunden Kinder dringend nötig. Gäbe es ihn, würden sie in Husten-Schnupfen-Zeiten gesund bleiben, weil sie in der Schule vor Ansteckung sicher wären. Und rechnet man aus, was diese kranken Kinder den Staat kosten, wäre so ein Betreuungsdienst wahrscheinlich sogar eine echte Sparmaßnahme.

Das kleine Frau

Pronomenprobleme

Gar gern rügen mich fortschrittliche Frauen, weil ich das unbestimmte Pronomen der dritten Person immer noch in althergebrachter Weise verwende. Ich möge doch, meinen diese Frauen, es anderen wackeren Schreiberinnen gleichtun, die mit dieser empörenden Pronomen-Benachteiligung der Frauen radikal aufgeräumt haben!

Simpler gesagt: Ich soll endlich aufhören, andauernd »man« zu schreiben, und es an passender Stelle durch »frau« ersetzen. Irgendwie ist das ja einzusehen. Der kleine »man« leitet sich schließlich vom großen »Mann« ab, also ist es nur recht und billig, von der großen »Frau« ein kleines »frau« abzuleiten, um es geschlechtsspezifisch passend zu verwenden.

Also: Man schneidet sich hin und wieder beim Rasieren!

Aber: Frau bügelt nicht gern Wäsche!

So weit, so gut und klar. Doch leider umfaßt dieses anstößige »man« nicht nur singuläre, sondern auch pluralische Vorstellungen, die Menschen beiderlei Geschlechts betreffen. Wie ist das dann? Lebt man nicht ewig? Oder lebt frau nicht ewig? Oder lebt man/frau nicht ewig?

Und überhaupt! Das kleine »man« hat ja ein »n« weniger als der große »Mann«. Müßte frau da der Frau zwecks Verwendung als Pronomen nicht auch einen Buchstaben abzwacken? Im Sinne von Gleichberechtigung wäre das wohl wünschenswert. Frau will ja schließlich keine Bevorzugung!

Doch da ist nun wiederum nicht klar, ob es dann »fru« oder »fra« heißen müßte, denn wer weiß schon, ob dem kleinen »man« das erste oder das zweite »n« vom großen Mann abhanden gekommen ist.

Aber halt! Wenn ich mich recht entsinne, ist ja dem großen »Mann« gar nichts abhanden gekommen. Der hat sich in alter Zeit auch mit einem »n« begnügen müssen. Und zu dieser Zeit war das kleine »man« bereits existent. Da zu dieser Zeit jedoch die heutige große »Frau« althochdeutscherweise eine »frouwe« war, müßte man logischerweise statt »man« nicht »frau«, sondern »frouwe« sagen. Ob sich das nicht sonderlich ausnähme? Frouwe sieht also, ich stehe dem Problem ratlos gegenüber und habe keinen Pronomen-Durchblick. Nur eines ist mir sonnenklar: Das Wort »Mannequin« gehört wirklich schleunigst abgeschafft! Nicht nur, daß es, ganz nach Wunsch des Benützers, mit dem sächlichen oder dem männlichen Artikel vorndran einhergehen darf, aber nicht mit dem weiblichen, stammt es aus dem Mittelniederländischen her, von »mannkijn« nämlich, und das heißt »Männchen«. Und daß die edelsten Vertreterinnen des weiblichen Geschlechtes »Männchen« sein müssen, das darf ja wohl nicht wahr sein!

Jeder Fünfte

Es gibt viele Probleme, die eine Frau mit Männern gut und rechtschaffen besprechen kann, aber es gibt auch Probleme, bei denen sich jede Frau über die Sturheit und Verbohrtheit der Männer die Haare raufen muß. Die »Vergewaltigung in der Ehe« ist so ein Problem. Da stößt der Frauenstandpunkt auch bei Männern, die ansonsten den Anliegen der Frauen wohlwollend gegenüberstehen, auf sonderbaren Widerstand. Daß Frauen, quer durch alle politischen Lager, nicht mehr fein säuberlich zwischen Vergewaltigung innerhalb und außerhalb der Ehe unterscheiden wollen, irritiert Männer, quer durch alle politischen Lager.

Die Argumente, die Männer bringen, um den »Staatsanwalt aus dem Ehebett rauszuhalten«, sind so fadenscheinig, daß es sinnlos ist, auf sie einzugehen. Im Grunde genommen sind das hilflose Scheinargumente, und was dahinter steht, ist die bittere Tatsache, daß die meisten Männer, wenn schon nicht in Sachen »Notzucht«, doch in Sachen »Nötigung« kein ganz reines Gewissen haben.

Männer sind eben »Eroberer«! Und Frauen wollen doch »genommen« werden! Und jedermann kennt ja das bonmot: Sagt eine Dame »nein«, dann meint sie »vielleicht«, sagt eine Dame »vielleicht«, dann meint sie »ja«, sagt eine Dame »ja«, dann ist sie keine Dame! Na eben! Ehemänner neigen halt dazu, ihre Ehefrauen für Damen zu halten, deren »nein« im Ehebett nichts zu sagen hat. Ehemänner überwinden hin und wieder bloß einen koketten Widerstand, und diese einfühlsame Tatkraft bringt letztlich auch der anfänglich Widerstrebenden die »Erfüllung«. Und da kann es im Zuge der Beglückung schon zu ein paar kleinen Handgreiflichkeiten kommen, die mit Zärtlichkeit auf den ersten

Blick nichts zu tun haben! Aber Sexualität, bitteschön, hat auch andere Dimensionen als die der Zärtlichkeit. Und überhaupt! Sollen jetzt etwa die armen Männer anfangen, sich Gedanken über die von ihnen praktizierte Art von Sexualität zu machen? Das würde sie doch arg verunsichern! Da breiten wir lieber, im wahrsten Sinne des Wortes, die dicke Tuchent drüber. Männer sind schließlich unerhört sensibel. Wenn sie nicht mehr so können, wie sie bisher taten, dann könnten sie vielleicht gar nicht mehr!

Eine Studie besagt, daß jede fünfte Ehefrau im Laufe ihrer Ehe von ihrem Ehemann schon mehrmals vergewaltigt wurde. Als dieses Umfrageergebnis einem unserer Politiker zu Ohren kam, sprach er: »... ich halte es für undenkbar, jeden fünften Ehemann zu kriminalisieren ...« Und dazu nickten alle Männer, die ich kenne. Auch die, die sonst nie zu Aussagen dieses Politikers nicken. Anscheinend haben sie alle den dumpfen Verdacht, ein bißchen von »jedem Fünften« könnte auch in ihnen stecken.

Da nahm die Frau den Besenstiel

Folgende Adresse sollte man sich merken:

JOSE BRITO, 5800 Cloverroad, Baltimore, MD 212215.

Dieser Jose Brito nämlich hat eine längst fällige Sache angepackt. Er hat an obgenannter Adresse etwas errichtet, wonach weltweit intensiver Bedarf herrscht. Er hat das allererste Wohnheim für »geschlagene Männer« gegründet.

Um kein Mißverständnis aufkommen zu lassen: Als »geschlagene Männer« sind da nicht jene gemeint, die beim Tennisturnier vom Partner oder ganz allgemein von einem beinharten Schicksal geschlagen wurden, sondern es geht hier ausschließlich um Männer, die von ihren Ehefrauen geschlagen wurden.

Die Anzahl dieser bedauernswerten Geschöpfe ist – laut Jose Brito – so groß, daß es hoch an der Zeit wäre, seiner Initiative weltweit zu folgen. Doch leider – und wieder laut Jose Brito – hat die Öffentlichkeit dieses Problem noch nicht richtig wahrgenommen. Die Öffentlichkeit nämlich, borniert, wie sie ist, hält Ehemänner eher für schlagende denn für geschlagene Personen. Und die Politiker und die Justiz und die Polizei, klagt Jose Brito, tun da auch noch mit!

Kommt da etwa ein armer Mann auf die Wachstube und weist, seine Ehefrau anklagend, einen Bluterguß auf der Schulter vor, wird er angeblich gar nicht ernstgenommen, sondern verlacht. Oft sei es sogar noch so, klagt Jose Brito, daß geschlagene Ehemänner, wenn sie die ihnen zugefügten Verletzungen zur Anzeige bringen, bestraft werden. Warum? Na deshalb, weil die teuflischen Ehefrauen dann behaupten, von ihren Männern zuerst mißhandelt worden zu sein und sich hierauf bloß tatkräftig zur Wehr gesetzt zu haben. Was natürlich eine hundsgemeine Lüge ist! In Wirklichkeit verhält es sich umgekehrt! Brutale Frauen prügeln hilflose Ehemänner, diese setzen sich mit dem letzten Funken gerechten Aufbegehrens ein bißchen zur Wehr, wobei sie der Ehefrau ein Beulchen oder Striemchen zufügen. Und die böse Ehefrau geht zu Gericht, zeigt an, lügt vor und bekommt ihr Recht, welches ein grobes Unrecht gegen den Ehemann ist.

Eigentlich erstaunt mich das nicht. Ich habe nämlich seit meinen Kindertagen geahnt, daß »Gewalt gegen Männer« eine gängige Sache ist, hinter fast jeder Wohnungstür ausgeführt, aber von unserer Gesellschaft, in der ja die Frauen das »große Sagen« haben, gut vertuscht.

Warum wohl sonst hätte mir meine liebe Oma immer leise und heimlich ins linke Ohr gesungen:

».. da nahm die Frau den Besenstiel, heijupeidi, und schlug den armen Mann so viel, iu-iu-iu ...«

Otto, der Frauenfreund

Freund Otto hat nicht nur nichts gegen Frauen, Freund Otto liebt alle Frauen. Er hat stets, vom Morgen bis zum Abend und wieder bis zum Morgen, gern mehrere Stück davon um sich. Freund Otto ist auch nicht gegen die Emanzipation der Frauen. Nein, nein, die fördert er sogar! Frauen, sagt er, sollen ruhig berufstätig sein und für ihre Arbeit auch gerecht entlohnt werden. Nicht einmal dagegen, daß eine Frau zu seinem »Boß« wird, und er zu ihrem Untergebenen, hat er viel. Nur eines bitte, sagt Freund Otto, hält er nicht aus: eine Frau am Steuer! Vom Autofahren verstehen die Frauen leider gar nichts! Vom Lenkrad sollten sie ihre Finger lassen!

Daß Frauen »miserable« Autofahrerinnen sind, ist Freund Otto durch viele leidvolle Begebenheiten im Straßenverkehr zur Gewißheit geworden. Und höflich, wie Otto – speziell zu Frauen – nun einmal ist, würde er doch nie auf eine Frau hinter dem Lenkrad losschimpfen, wenn die nur »halbwegs normal« ihr Auto lenken würde. Aber Frauen fahren halt so Auto, daß Freund Otto dreimal täglich das Wagenfenster herunterkurbeln muß, um einer Autofahrerin zuzubrüllen: »Steig auf einen Dreiradler um, Mama!«

Nun hat aber eine der Frauen, die Freund Otto so gern um sich hat, in der Zeitung gelesen, daß es eine große Studie über das unterschiedliche Fahrverhalten von Männern und Frauen gibt. Und diese Studie hat sie sich besorgt. Und hat sie dem Otto vorgelesen. Und da hat sich der Otto anhören müssen, daß Frauen statistisch und erwiesenermaßen ein Auto besonnener lenken als Männer, daß sie weder Schleicher noch Raser sind und daß sie sich im Verkehr wesentlich partnerschaftlicher betragen als Männer. Sie verursachen weniger Verkehrsunfälle, sitzen seltener alkoholisiert hinter dem Steuer, neigen nicht so sehr zur Selbstüberschätzung wie Männer, achten besser auf die Verkehrsregeln und gehen auch beim Ankauf des Wagens bedachter und realistischer vor.

Und wie reagierte Freund Otto, als er dies vernommen hatte? Zuerst meinte er, diese Studie sei von lauter hinterhältigen Frauen erstellt. Als er zur Kenntnis nehmen mußte, daß dem nicht so ist, daß lauter Männer dafür verantwortlich zeichneten, hatte er sich aber auch schnell wieder gefaßt und erklärte:

»Das kommt davon, weil Frauen obrigkeitshörig und angepaßt und nicht risikofreudig sind! Sie können nicht selber entscheiden! Wenn die ein Schild mit einem Dreißiger drauf sehen, dann fahren sie auch gleich einen Dreißiger! Aber ein wirklich guter Autofahrer, der behält sich selber vor, zu entscheiden, mit welchem Tempo er über den Rollsplitt kurvt!«

Worauf Freund Otto dann ausführlich schilderte, wie er – auf Grund seiner enormen Fahrtüchtigkeit – einmal mit einem »Sechziger« den Rollsplitt das Fürchten lehrte. Und wer das nicht könne – Studie hin, Studie her –, der möge auf einen Dreiradler umsteigen!

Wem fällt Altern schwer?

Frauen, heißt es allgemein, hätten sehr große Probleme mit dem Altern. Jugend und Schönheit zu verlieren, sagt man, sei für sie unheimlich schwer. Schließlich verlieren ja Frauen erheblich an »Marktwert«, wenn ihr Liebreiz abnimmt. Und da die meisten Frauen einen guten Teil ihres Selbstwertgefühls aus der männlichen Bewunderung und dem männlichen Begehren, das sie erregen, beziehen, ist es für sie nur schwer zu verkraften, wenn diese Bewunderung und dieses Begehren abnehmen.

Das stimmt gewiß. Aber daß die Männer mit dem Altern kaum Probleme hätten – und das heißt es ja auch allgemein –, wage ich ein bißchen zu bezweifeln. Zumindest trifft es nicht auf so viele Männer zu, daß man es zur Regel erklären könnte, denn der Männer in meinem Bekanntenkreis, die sich mit dem Altwerden schwertun, sind so viele, daß sie nicht die sprichwörtlichen »Ausnahmen« sein können, die »die Regel nur bestätigen«. Was, zum Beispiel, mein Freund Alfi alles gegen seine drohende Glatze unternimmt, übertrifft bei weitem die Bemühungen seiner Ehefrau, sich mit Hilfe von Kosmetik jugendliche Frische zu bewahren. Der gute Alfi zählt stets die Haare, die in der Haarbürste verblieben sind, und gerät in tiefe Depression, wenn der Tagesschwund über sechzig Stück Haar beträgt. Bei fünf Ärzten (drei Schulmedizinern und zwei Homöopathen) war er schon. Kieselerde schluckt er löffelweise, und mit dem Gedanken, sich ein Toupet zuzulegen oder sich buschiges Fremdhaar ins magere Eigenhaar weben zu lassen, macht er sich heimlich vertraut. Das merkt man daran, daß er in letzter Zeit nicht mehr herzlich mitlacht, wenn kichernd von Männern die Rede ist, die zu so sonderbarer Haarhilfe Zuflucht nehmen.

Und Freund Bernhard? Der nimmt seinen überdurchschnittlichen Bauchumfang auch wesentlich ernster als seine Ehefrau ihre unterdurchschnittliche Oberweite. Er mag das zwar hartnäckig leugnen, aber immerhin war er es, der das Zimmerfahrrad und den Expander heimbrachte und die Kalorientabelle auf die Eisschranktür klebte. Übrigens liegt Bernhard auch zweimal täglich unter der Höhensonne, die er seiner Frau zum Geburtstag verehrt hat. Und am Abend, wenn er zu Bett geht, glänzt sein Gesicht jetzt immer so fett-schmalzig. Der Verdacht, daß er sich aus seiner Ehefrau Faltencreme-Töpfchen bedient, liegt ziemlich nahe.

Wie Freund Clemens mit seiner Körperlichkeit jugenderhaltend umgeht, weiß ich nicht. Aber ich weiß, daß er, je älter er wird, umso heftiger und öfter mit jungen Mädchen »anbandelt«. Nur so zum Spaß, sagt er. Ganz ohne ernste Absichten! Er probiert wohl auch seinen »Marktwert« aus und giert nach Bestätigung seines Selbstwertgefühls durch das andere Geschlecht und hofft, daß sein erobernder Liebreiz noch immer nicht abgenommen habe. Nur zugeben, daß Altwerden schwer ist, dürfen Männer nicht. Das ist der Unterschied.

Ohne Vorurteile

Der Chef von Frau M. ist ein Mann, der keine Vorurteile kennt. Und schon gar keine gegen Frauen! Frauen, sagt er immer, seien genauso tüchtig und strebsam im Beruf wie Männer. Im Grunde genommen, sagt er, hätte er überhaupt nichts dagegen, alle »höheren« Posten in seiner Firma mit Frauen zu besetzen.

Darum war er auch schon vor zwanzig Jahren ehrlich bekümmert, als er der damals noch sehr jungen Frau M. den »besseren« Posten nicht geben konnte und ihr einen sehr jungen Mann vorziehen mußte.

»Schauen Sie«, erklärte er damals der Frau M., »Sie sind jung verheiratet, Sie werden sicher demnächst ein Kind bekommen. Dann fallen Sie für ein Jahr aus. Aber auf diesem Posten brauche ich eine Person, mit der ich rechnen kann. So eine verantwortungsvolle Stellung kann ich nicht ein Karenzjahr lang mit einer Aushilfskraft besetzen!«

Frau M. sah das ein, wurde – ganz wie der Chef vorausgesehen hatte – schwanger, bekam Zwillinge, war ein Jahr daheim und arbeitete dann bei ihrem lieben Chef brav weiter. Die Zwillinge versorgte die Oma. Als, nach etlichen Jahren, wieder ein »besserer« Posten frei wurde, bewarb sich Frau M. wieder, denn mit den Zwillingen war ihr Bedarf an Nachwuchs gedeckt, und sie konnte ihrem Chef versichern, daß kein Karenzjahr mehr drohe. Aber der arme Chef konnte ihr den Posten wieder nicht geben.

»Schaun Sie«, erklärte er ihr, »diese Stellung bedarf ganzen Einsatzes! Eine Mutter, das weiß man, hat keine Freude mit Überstunden. Und wenn die Kinder krank werden, gibt es auch immer Zores. Ja, ja, die Oma hütet die Kinder! Aber seien Sie doch ehrlich, eine Mutter ist mit ihrem halben Hirn immer daheim bei den Kindern und nicht im Büro!«

Also arbeitete Frau M. weiter in ihrer alten Position. In achtzehn Jahren nahm sie insgesamt vier Tage Pflegeurlaub. Ob sie »mit halbem Hirn« nicht im Büro war, läßt sich schwer entscheiden, jedenfalls war ihre Arbeitsleistung nicht geringer als die ihrer männlichen Kollegen.

Nun sind Frau M.s Zwillinge erwachsen, und in Frau M.s Firma ist wieder einmal ein »höherer« Posten zu besetzen. Den mußte ihr der Chef – leider, leider – wieder verweigern.

Gewiß, nun muß Frau M. auch nicht mehr mit dem »halben Hirn« bei den Kindern sein, auch Überstunden würden sie nicht mehr stören, aber nun erklärt ihr der Chef: »Ja doch! Eine Frau wäre mir sehr willkommen für diesen Posten. Eine vitale, dynamische Person. Aber in Ihrem Alter, liebe Frau M., schafft man das doch nicht mehr!«

Frau Meiers Kostenanteil

Frau Meier war eine selbstbewußte Hausfrau, litt nie unter ihrer »Berufslosigkeit« und erklärte stets heiter: »Ich habe ja zehn Berufe! Ich bin Köchin, Erzieherin, Krankenschwester, Schneiderin, Nachhilfelehrerin, Gärtnerin, Haushälterin – und – und – und.« Ohne Schuldgefühl griff sie daher auch stets nach Herrn Meiers »Selbstverdientem«, als ob es ihr zustehe. Munter meinte sie: »Wenn mich mein Mann für die Berufe, die ich daheim ausübe, entlohnen müßte, könnte er sich mich gar nicht leisten!«

Herr Meier nahm das stillschweigend zur Kenntnis. Aber nun hat er in einem Wochenmagazin einen klugen Artikel gelesen, der ihn die Ansicht seiner Frau als irrig erkennen ließ.

»Meine Gute«, spricht Herr Meier nun gelassen, »du hast keine zehn Berufe, weil du keinen richtig erlernt hast. Du bist ungelernte Hilfskraft, daher steht dir leider nur Putzfrauenlohn zu. Und da du die Hälfte der Arbeit für dich und den partnerschaftlichen Anteil an den Kindern erledigst, steht dir nur der halbe Putzfrauenlohn zu. Dreißig Schilling pro Stunde also!« Und dann rechnet Herr Meier: »Pro Monat geben wir für Lebenshaltungskosten zwanzigtausend Schilling aus, partnerschaftlich gesehen, hättest du die Hälfte davon einzubringen, was bei deinem Stundenlohn eine Unmöglichkeit ist. Du stehst also schwer bei mir in der Kreide, und dein vermeintlicher Anspruch auf meinen Verdienst ist ein feministischer Witz!« Nun ist Frau Meier arg deprimiert, denn was Herr Meier da referiert, klingt so logisch.

Kopf hoch, Frau Meier! Ein paar Gegenargumente werden wir da wohl finden! Also: Erstens kommt es nicht auf »gelernt« an. Ihre Sachertorte schmeckt besser als die vom »gelernten« Zuckerbäcker an der Ecke, Ihrem Sohn haben Sie die Gleichungen besser beigebracht als der »gelernte« Mathe-Lehrer. Und wo gibt es die Putzfrau, die Herrn Meiers Hemden so perfekt bügelt und neue Taschen in seine Hosen flickt?

Und überhaupt! Sie, werte Frau Meier, arbeiten tagtäglich von halb sieben in der Früh bis um halb elf am Abend. Unentwegt! Das sind sechzehn Stunden. Kleine Ruhepausen müssen Sie da gar nicht abziehen, denn die gönnt sich Ihr lieber Mann im Laufe seines Achtstundenarbeitstages auch. Sechzehn Arbeitsstunden pro Tag, liebe Frau Meier, das macht hundertzwölf Stunden pro Woche. Sie machen also wöchentlich zweiundsiebzig Überstunden, davon sechzehn Sonntagsstunden mit hundertprozentigem Zuschlag. Das ergibt hundertsechsundfünfzig zu entlohnende Arbeitsstunden pro Woche und macht – sogar bei dem mickrigen Lohn, den man Ihnen zugesteht – im Monat an die neunzehntausend Schilling aus. O.K.? O.K.!

Schöne Grüße auch an Herrn Meier!

Wer hat mir geholfen?

Eine Freundin von mir, die – wie man so sagt – eine »tolle Karriere« gemacht hat, erklärte mir unlängst:

»Das ist doch blanker Unsinn, daß angeblich die Männer uns Frauen im Beruf nicht hochkommen lassen wollen. Ganz im Gegenteil! Mir haben immer nur die Männer weitergeholfen, nie die Frauen!« Sehr, sehr oberflächlich betrachtet, könnte ich das, auf mein »Berufsleben« zurückblickend, auch behaupten, denn immer waren es Männer, die mich »gefördert« haben, die mir Aufträge erteilt haben, die mich zu Leistungen angespornt haben. Eine ganze Menge Männer habe ich dankbar in mein Herz geschlossen, weil ich es ohne sie ganz sicher nicht »geschafft« hätte.

Daß wir Frauen, die wir in einem Beruf überdurchschnittlich erfolgreich sind, nicht anderen Frauen, sondern Männern viel zu verdanken haben, ist aber wirklich nicht sehr erstaunlich, weil fast überall dort, wo »gefördert« werden kann, wo Aufträge erteilt und Posten vergeben werden, Männer sitzen und das »große Sagen« haben.

In meinem Fall heißt das: Ich traf in einem Vierteljahrhundert Berufsleben unter den vielen Verlegern, die ich kennenlernte, nur eine einzige Verlegerin, unter den vielen ORF-ARD-ZDF-Hauptabteilungsleitern nur eine einzige Hauptabteilungsleiterin und unter den vielen Chefredakteuren von Zeitungen keine einzige Chefredakteurin! Wie hätten mir also Frauen im Beruf weiterhelfen sollen, wenn alle Leute, auf die es »ankommt«, Männer waren?

»Gewogen« waren mir mein Lebtag lang auch sehr viele Frauen, aber sie waren halt nie in den Positionen, in denen sie viel für mich hätten tun können; rein »berufsmäßig«!

Aber: Um als Frau überhaupt einen stressigen Beruf ausüben zu können und dabei Erfolg zu haben, bedarf es ja auch noch anderer Hilfe als des Wohlwollens und der Unterstützung von Vorgesetzten und Auftraggebern.

Wer hat meine Kinder gehütet, wenn sie krank waren oder wenn ich verreisen mußte? Wer hat sie vom Kindergarten abgeholt, wenn ich vor Arbeit nicht aus noch ein wußte? Und wer hat mich getröstet, wenn ich »unten durch« war? Wer ist für mich einkaufen gegangen und hat meine Wäsche gebügelt und aufgeräumt, wenn ich das wegen allzuviel Berufsarbeit nicht geschafft habe?

Frauen waren das! Ausschließlich Frauen!

»Hinter jedem erfolgreichen Mann steht eine tüchtige Frau«, sagt man.

Ich bin mir ganz sicher: Auch hinter jeder erfolgreichen Frau stehen erfolgreiche Frauen. Nicht eine, viele! Nämlich alle die, die uns »Erfolgreichen« – sei es bezahlt oder aus Freundschaft und Liebe – wenigstens einen Teil unserer »Doppelbelastung« abnehmen und uns damit ein bißchen Chancengleichheit mit den Männern ermöglichen.

Krisengebeutelt!

Immer öfter höre und lese ich in letzter Zeit, daß die Männer durch die Emanzipation der Frauen total verunsichert werden. Der Mann ist in der Krise! Ehrlich wahr!

Daß das nicht bloß eine lächerliche Behauptung ist, merkt man, wenn man mit offenen Augen durchs Leben geht. Auf Schritt und Tritt begegnet man dem verunsicherten, krisengebeutelten Mann! Nehmen wir, zum Beispiel, Herrn Meier. Selbiger hatte einen Papa, der von klein auf sein Vorbild war. Wenn dieser Papa von der Arbeit heimkam, legte er sich aufs Sofa, las die Zeitung und zündete sich eine Zigarette an. Worauf seine Frau herbeieilte und ihm den Aschenbecher auf den Bauch stellte; sonst wäre die Asche auf den Teppich gefallen!

Dieser Papa bekam jeden Morgen frische Wäsche zurechtgelegt. Seine Frau knöpfte sogar vorsorglich das gebügelte Hemd auf, um ihm diese Arbeitslast abzunehmen. Waren die Kinder laut, brauchte dieser Papa bloß eine Augenbraue zu lüpfen, und schon sagte seine Frau: »Pscht, Kinder, sonst wird der Papa grantig!«

Zur Hausarbeit trug dieser Papa dadurch bei, daß er mit dem Zeigefinger über Möbelkanten fuhr und rügte: »Staub gewischt gehört!« So, dachte Herr Meier als Kind, wird es mir gehen, wenn ich einmal groß und erwachsen und Papa bin!

Nun ist Herr Meier groß und erwachsen und Papa, aber es geht ihm leider gar nicht so! Kein aufgeknöpftes Hemd, kein eilfertig gebrachter Aschenbecher! Und seine Frau liegt auf dem Sofa und liest! Die Lautstärke der Kinder soll er selbst drosseln!

Sogar Nachtmahl kochen soll er hin und wieder!

Und Staub wischen und die Kinder baden! Herr Meier weiß, was sein Vorbild-Papa diesen Zumutungen entgegengehalten hätte. Gebrüllt hätte er: »Ich bringe das Geld heim! Das reicht wohl!« Das hat, erinnert sich Herr Meier, bei seiner Mutter immer gewirkt. Was hätte die Frau auch tun sollen? Sie hatte keinen Beruf, sie hatte drei Kinder, sie war dem Papa auf Gedeih und Verderb ausgeliefert.

Frau Meier hat aber leider einen Beruf. Sie ernährt sich selbst. Sie könnte auch ohne Herrn Meier zurechtkommen. Da hat es sich nichts mehr mit: Gedeih und Verderb!

Was soll Herr Meier nun brüllen? Kein Wunder, wenn er total verunsichert ist! Am besten wäre es, Frau Meier gäbe den Beruf auf und Herrn Meier dadurch die Sicherheit zurück, von ihm abhängig, ihm auf Gedeih und Verderb ausgeliefert zu sein. Da wäre Herrn Meiers Krise bald überwunden. Doch die Frau ist stur und will nicht!

Ich sag's ja immer: So, meine Damen, geht es nicht! Emanzipation in Ehren! Aber doch nicht auf Kosten von Herrn Meiers Seelenfrieden!

Ein paar prüde Frauen, wahrscheinlich »schiache« Weiber, die nie einen ordentlichen Mann abgekriegt haben, regen sich andauernd darüber auf, daß der weibliche Körper »vermarktet« werde, bloß weil man in der Werbung und auf Titelseiten von Illustrierten so viele nackte und halbnackte hübsche Mädchen sieht.

Einfach lächerlich ist das! Hübsche Nacktheit ist schließlich in unseren aufgeklärten Zeiten keine Schande, und daß es nicht entblößte Männerleiber sind, sondern entblößte Frauenleiber, die uns werbewirksam anlachen, sollte uns Frauen doch mit Stolz erfüllen! Wir sind eben das wesentlich attraktivere Geschlecht! Und werbemäßig schon deswegen viel brauchbarer, weil wir nicht nur primäre, sondern auch sekundäre Geschlechtsmerkmale haben, die sich sehen lassen können. Obwohl man natürlich, das gebe ich zu, im Sinne der Gleichberechtigung des Mannes, auch hübsche Jünglinge weit mehr für Plakate, Titelseiten und TV-Werbespots verwenden könnte. Für schwarze Spitzenunterwäsche kommen die hübschen Jünglinge freilich nicht in Frage, solange die Unterwäschebranche keine schwarze Herrenspitzenunterwäsche auf den Markt wirft. Aber die vereinigten Installateure etwa, die bräuchten sich wirklich nicht mit einer Pin-up-Schönen und dem Slogan »Wer heizt mir richtig ein ..« zufriedengeben. Ein Pin-up-Knabe täte es auch. Und darunter der Slogan: »Wenn der Ofen aus ist ...«

Oder nehmen wir die wunderschöne Zuckerlwerbung im Fernsehen! Ich meine die, wo uns die schöne Frau zuerst ihre schöne, silbern eingekleidete Hinterseite zeigt. Und dann öffnet sich – von unsichtbarer Hand gezogen – der Zippverschluß in der Mittelnaht vom Hinterteil des Silberkleides, und wir dürfen den schönen Rücken der schönen Frau in seiner schönen Nacktheit bewundern.

Das könnte doch ein schöner Jüngling genauso: Er kommt in einem Silberfrack ins Bild, lächelt betörend, dreht uns dann die Kehrseite zu, und die hintere Mittelnaht vom Silberfrack reißt (das kennt man aus deutschen Lustspielen). Der schöne, sinnliche Jünglingsrücken liegt bloß, und die sanfte Sprecherstimme verkündet: »Außen die eisige Hülle, innen die betörende Fülle!«

Da ein Zuckerl mit einem Menschenrücken, ob nackt oder bekleidet, ob männlich oder weiblich, sowieso überhaupt nichts zu schaffen hat, müßte es doch ganz egal sein, ob der werbende Buckel einem Mann oder einer Frau gehört.

Ach, Sie, lieber Leser, sehen zwischen einem Zuckerl und einer Frau doch eher einen Sinnzusammenhang als zwischen einem Zuckerl und einem Mann? Wie denn dem?

Weil Frauen und Zuckerln so »süß« sind? Weil man sie beide so schön auswickeln und einwickeln und hinterher »vernaschen« kann?

Ha-ha-ha! Aber ja, ich lache ja schön artig über diesen guten Witz. Muß ich ja. Sonst gerate ich doch in den Verdacht, prüde und »schiach« zu sein und keinen Mann zu haben!

Meier mit Zuwaage

Herr und Frau Meier hatten viele Freunde. Freunde beiderlei Geschlechts. Gute Freunde. Freunde fürs Leben!

Am Montag pflegten sie sich mit Hans und Grete am Stammtisch zu treffen. Am Dienstag kamen Anna und Berti zu ihnen zu Besuch. Am Mittwoch gingen sie mit Oskar und Gabi in die Sauna. Am Donnerstag bewirteten sie Karoline und Karl. Am Freitag war Kino mit Rudi und Erna angesagt. Und übers Wochenende fuhren sie immer mit Beate und Willi weg.

Alle diese guten Freunde waren den Meiers stets gleichermaßen zugetan. Frau Meier fühlte sich von ihnen genauso geliebt wie Herr Meier. Nie merkte sie, daß einer der Freunde ihrem Ehemann den Vorzug gab.

Doch nun ist Frau Meier seit einem Jahr von Herrn Meier geschieden und muß die bestürzende Feststellung machen, daß sie keine Freunde mehr hat. Beiderlei Geschlechts nicht! Vom Montag bis zum Sonntag nicht! Sie ist, hat es den Anschein, nicht nur von ihrem Ehemann, sondern auch von den Freunden geschieden worden. Nicht so Herr Meier! Der hat noch alle seine guten Freunde beiderlei Geschlechts. Vom Montag bis zum Sonntag! Und an Herrn Meiers Seite agiert nun eine gewisse Marion, die demnächst Frau Meier 2 sein wird. Dieser Damenaustausch scheint den guten Freunden keine großen Schwierigkeiten gemacht zu haben. Für die »alte« Frau Meier haben die guten Freunde von ehedem bloß hin und wieder ein paar Telefon-Minuten übrig. Da versichern sie dann brav, daß man einander demnächst wieder einmal treffen müsse. Bloß kommt dieses »Demnächst« nie zustande. Wie sollte es auch? Die Abende, die man für »Meier«

reserviert hat, werden ja von Herrn Meier und der zukünftigen Frau Meier 2 in Anspruch genommen. Und Frau Meier 1 an diesen Abenden hinzuziehen, das ist ja wohl unmöglich!

Die guten alten Freunde sagen bedauernd: »Irgendwie haben wir uns ja entscheiden müssen!«

Das ist einzusehen. Aber warum, frage ich mich, wird bei den guten alten Freunden in neunundneunzig von hundert Fällen zugunsten der Männer entschieden?

Die Antwort, im Falle Meier und in ähnlichen Fällen auch, ist eigentlich sehr einfach: Die Männer der befreundeten Ehepaare sind mehr an der Aufrechterhaltung der Freundschaft mit Herrn Meier interessiert. Was Herr Meier an »weiblicher Zuwaage« mitbringt, ist ihnen gleichgültig. Auf alle Fälle geben sie, Herrn Meier zuliebe, der »Zuwaage« immer das Gefühl, angenommen und geliebt zu werden. Sie werden auch eine Frau Meier 3 und eine Frau Meier 4 akzeptieren.

Und die Frauen? Die richten sich halt nach ihren Männern. Es tut ihnen leid, die »alte« Frau Meier nicht mehr zu sehen, aber sie einen ganzen Abend lang dem Ehemann »solo« zuzumuten, ist nicht gut möglich.

Alles, nur kein Trost ...

Man hat, wenn man kein kontaktscheuer Mensch ist, etliche gute Freunde im Leben. Diese Freunde hat man, wenn es wirklich gute Freunde sind, nicht nur für die schönen Stunden, für Unterhaltung und Spaß, Jux und Tollerei. Gute Freunde hat man auch für die trüben Stunden. Das Sprichwort »In der Not gehen hundert Freunde auf ein Lot« stimmt nämlich nicht. Gute Freunde stehen einem üblicherweise auch in den trüben Stunden, so gut sie können, bei.

Die Art und Weise, in der sie das tun, hängt allerdings von ihrem Geschlecht ab. Männliche Freunde sind gute und tatkräftige Ratgeber. Gibt es einen Ausweg aus einer trüben Lebenslage, versuchen sie, ihn zu finden. Sie sind auch bereit, ihre Zeit, ihr Geld und ihre Arbeitskraft in den Freund zu investieren.

Weibliche Freunde tun das auch. Aber sie können noch etwas. Sie können trösten. Das können Männer nur sehr selten. Männer fühlen sich für lösbare Probleme zuständig. Ist nichts zu lösen, ist nichts zu ändern, kann man also nur sehr traurig sein, sind die meisten Männer hilflos. Mehr als ein mitfühlender Blick, ein anteilnehmender Händedruck und ein einfühlsamer Seufzer sind von ihnen nicht zu erwarten. Der Trauer begegnen Männer mit Schweigen. Unter Umständen auch mit einem doppelten Schnaps, den sie einem brüderlich-solidarisch anbieten, in der Hoffnung, er möge unsere Trauer »verdauen« helfen.

»Ach Gott«, verteidigen sich die Männer, »was kann man denn in so einem Fall schon sagen? Das muß doch jeder allein durchstehen, da kann einem doch niemand helfen!« Das stimmt natürlich überhaupt nicht. Mir haben schon viele Frauen geholfen, weil sie mich – wenn es notwendig war – getröstet haben. Und ich hoffe, daß ich auch schon etliche Menschen getröstet und ihnen damit geholfen habe.

»Nun ja«, würden jetzt viele meiner männlichen Freunde sagen, »Trost zu spenden, das liegt eben eher den Frauen, das ist eine weibliche Eigenschaft!«

Sofern man die Eigenschaften eines Menschen nicht ausschließlich als durch seine Erbanlagen bedingt, sondern auch als erlerntes Verhalten versteht, wird es wohl stimmen, daß die Fähigkeit, Traurige zu trösten, eine weibliche Eigenschaft ist.

Männer, die von klein auf dazu erzogen wurden, groß und stark und tapfer zu sein, die immer gehört haben, daß ein Bub nicht weinen dürfe, die – sei es milde oder barsch – gerügt wurden, wenn sie trotzdem heulend beim Papa Trost suchten, die entwickeln eben kaum die »weibliche« Eigenschaft des Trostspendens.

Wer so erzogen wird, daß er sein eigenes Trostbedürfnis als Schwäche auslegen muß, der kann auch dem Trostbedürfnis anderer kaum entsprechen. »Wird schon wieder, Alter«, murmelt er, klatscht dem Todtraurigen ratlos auf die Schulter und flüstert seiner Frau hilflos zu: »Du, ich glaub', den solltest du ein bißchen trösten ...«

Immer noch von gestern

Als Optimist – und ein selbiger bin ich trotz fortgeschrittenem Lebensalter erstaunlicherweise noch immer – machte ich mir bis gestern die schöne Illusion, daß die Uralt-Ansicht, Hausarbeit sei ausschließlich Frauensache, längst im Aussterben begriffen sei und von heutigen Jugendlichen als »Schnee von gestern« belächelt werde.

Gestern hatte ich jedoch eine Diskussion mit einer größeren Gruppe von halbwüchsigen Schülern männlichen Geschlechts und wurde dabei dahingehend belehrt, daß auch die Jünglinge dem Thema Hausarbeit sehr, sehr negativ gegenüberstehen. Kein einziger der lieben Knaben, die da mit mir diskutierten, sah Putzen und Kochen und Bügeln und Kinder-Versorgen als Tätigkeiten an, die er, in fernerer oder näherer Zukunft, gemeinsam mit seiner Ehefrau zu verrichten haben wird.

Bloß zu einem gewissen Maß an Mithilfe im Haushalt zeigten sich die lieben Knaben bereit. Helfen, meinten sie, würden sie ihren zukünftigen Ehefrauen schon ein bißchen. Hin und wieder halt. Und je nach Lust und Laune. Aber zwingen, erklärten sie mir, werden sie sich von ihren zukünftigen Ehefrauen niemals zur Hausarbeit lassen, und eine Partnerschaft, in der fünfzig Prozent der Haushaltsarbeit und der Kindererziehung auf sie fiele, komme für sie absolut nicht in Frage. Unter gar keinen Umständen.

Ich erkundigte mich bei den lieben Knaben nach den tieferen Gründen für diese Arbeitsverweigerung auf dem familiären Sektor. Als Antwort bekam ich keine gestrigen Patriarchenweisheiten vorgesetzt. Keiner erzählte mir etwas vom Mann, der hinaus muß ins feindliche Leben, während drinnen im Hause die Hausfrau weise herrschet und züchtig waltet und die Knaben wehret und die Mädchen lehret.

Nein, nein! Heutige Jünglinge sehen ihre zukünftigen Ehefrauen durchwegs als voll berufstätige Frauen. Mit nur einem Einkommen, sagte man mir lebensklug, könnte man doch niemals zu dem Wohlstand kommen, den man sich erwarte!

Aber dann, hielt ich den lieben Knaben vor, hätten ja ihre zukünftigen Frauen viel, viel mehr zu arbeiten als ihre Männer, und das wäre doch sehr, sehr ungerecht. Darauf nickten die lieben Knaben wohlgefällig und lächelten selbstzufrieden, und einer sprach strahlend: »Eigentlich schon! Nur, bitte, die Frauen sind das halt gewöhnt. Seit jeher schon. Aber für einen Mann ist das eben unter seiner Würde!«

Als Optimist – und ein selbiger bin ich trotz meiner gestrigen Diskussionserfahrung noch immer – kann ich nur hoffen, daß gerade eine Generation von jungen Frauen heranwächst, die auch um ihre »Würde« Bescheid weiß und es »unter ihrer Würde« findet, mit jungen Herren solcher Gesinnungsart Partnerschaften einzugehen.

Wie sagte doch abschließend ein hübscher Jüngling trutzig? Er sagte: »Bevor ich dreckige Windeln in die Hände nehme, bleibe ich lieber ledig!«

Ich hoffe, er bleibt es.

Zweisames Miteinander

Ein Hauch von Freiheit

Herr Meier neigt sehr dazu, seine Abende ganz und gar spontan zu gestalten. Da kann es schon vorkommen, daß er, vom Büro zum geparkten Auto eilend, einen lieben Freund trifft und mit dem dann irgendwo auf ein »schnelles Bierchen« einkehrt. Freundschaften soll man schließlich pflegen! Und daß im Zuge dieser Freundschaftspflege dem schnellen Bierchen noch zwei, drei wesentlich langsamere folgen, ist wohl verständlich, denn Freizeit vergeht schneller als Bürozeit.

Kann auch sein, daß Herr Meier nach dem Büro noch mit einer Kollegin ins Kaffeehaus geht, weil die Kollegin private Sorgen hat und Herr Meier ein anerkannt guter Tröster ist und sich verpflichtet fühlt, die arme Kollegin wieder seelisch aufzurichten.

Oder Herr Meier muß, vom Büro heimfahrend, wegen Bauarbeiten den gewohnten Weg verlassen, wird »umgeleitet«, fährt durch das kleine Gäßchen, in dem seine alte Wetti-Tante wohnt. Und da ist doch tatsächlich vor dem Haus der Wetti-Tante ein Parkplatz frei! Und Herr Meier hat seine liebe Tante seit zehn Jahren nicht mehr gesehen. Was liegt da, ganz spontan, näher als: Aussteigen, im Blumenladen an der Ecke fünf Nelken kaufen und die Wetti-Tante besuchen?

Herr Meier findet, daß diese spontane Abendgestaltung den gewissen Hauch von Freiheit in sein Leben bringt, welcher den sturdumpfen Alltag erträglich macht. Und da wird er ja wohl auch recht haben!

Das Dumme an der Sache ist bloß, daß es da auch eine Frau Meier gibt, und diese Frau Meier schiebt gerade den Braten ins Backrohr, wenn sich der Herr Meier spontan dazu entschließt, mit dem alten Freund noch zwei, drei Bierchen zu trinken. Sie deckt gerade den Tisch, wenn die Wetti-Tante gerührt den Neffen und die fünf Nelken in Empfang nimmt. Und während Herr Meier die Tränen seiner Bürokollegin trocknet, treten Frau Meier beim Anblick eines „zusammengefallenen« Gemüseauflaufs die Tränen in die Augen.

Kommt Herr Meier dann heim, findet er eine vergrämte Frau vor, die nichts anderes zu sagen weiß als: »Wenigstens anrufen hättest du doch können!«

Dieser Satz verdirbt Herrn Meier nachträglich die Freude an der spontanen Abendgestaltung. Terror ist das! Wozu hätte er denn anrufen sollen? Irgend etwas »Spontanes«, so wie er, hätte Frau Meier ja ohnehin nicht unternehmen können. Sie kann ja nicht einfach weggehen und die Kinder allein lassen! Na eben! Soll sie doch endlich einsehen, daß ihr Ehemann kein Gemüseauflauf-Typ ist. Er ist halt ein Eintopf-Typ! Eintöpfe lassen sich »ganz spontan« auch noch um Mitternacht aufwärmen.

Nur ja kein Streit?

Als Kind lehrte man mich: Du darfst nicht streiten! Ein Streithansl durfte man nicht sein, wenn man ein liebes, braves Kind sein wollte. Daß man mit Freunden hin und wieder stritt, galt gerade noch als läßliche Sünde, doch Streit in der Familie war streng verboten. Mit den Eltern oder Großeltern zu streiten war ohnehin nicht möglich, denn jeder kindliche Versuch in diese Richtung wurde mit der stereotypen Erzieherfloskel »Sei nicht frech« im Keim erstickt. Aber auch Streit mit Geschwistern durfte nicht sein. Geschwister haben einander zu lieben, und wer streitet, der hat sich nicht lieb! Basta! Setzte man sich in kindlichem Ungehorsam über diesen Erziehungsleitsatz hinweg, kam man mit Bruder oder Schwester aber meistens auch nicht richtig schön zum Streiten, weil die Erwachsenen sofort Richter spielten und – ihrer Ansicht nach – den Streit gerecht schlichteten. Das taten sie, je nach Temperament, Laune und Erziehungsstil, mit guten oder bösen Worten, Ohrfeigen oder Argumenten, Drohungen oder Ablenkungsmanövern. Erfolgreich waren sie bloß in dem Sinn, daß unter den Kindern vorübergehender Waffenstillstand herrschte. Die Konflikte jedoch, die den Streit verursacht hatten, schwelten bis zum nächsten Ausbruch von Aggression emsig weiter. Die Geschwisterliebe wurde durch das Streitverbot also wirklich nicht gefördert. Ganz im Gegenteil.

Erwachsene Leute, die erinnernd traurig sagen, sie hätten in Kindertagen leider gar kein gutes Verhältnis zu ihren Geschwistern gehabt, sind meistens die, die auch sagen: »Dabei haben wir eigentlich nie viel miteinander gestritten!« Ebenso sind Ehen, in denen nie gestritten wird, nicht unbedingt die besten aller möglichen Partnerschaften. Hin und wieder mag es ja zwei

Menschen geben, die miteinander so einig sind, daß stets uneingeschränkte Harmonie herrscht. Diese Glücksfälle von Beziehungen sind aber rar. Viel öfter ist es so, daß ein Mensch einfach nicht streiten kann. Er ist als Kind so aufs Liebsein und Bravsein gedrillt worden, daß er jegliche Streitlust erfolgreich verdrängt hat. Damit hat er aber einen Teil seiner Persönlichkeit verdrängt, denn der Mensch ist nun einmal kein aggressionsfreies Wesen. Der Mensch, der nie streitet, ist ja auch nicht ohne Aggression. Den Dampf, den er nicht zischend, pfauchend und streitend heftig ablassen kann, läßt er unentwegt durch »Ersatzventile« ab. Er stichelt, nörgelt, quengelt, jammert und leidet und macht damit seinen Partnern das Leben auch nicht leicht. Man sollte also streiten lernen. Fair streiten natürlich! Aber wie erlernt man das? In einer Frauenzeitschrift habe ich einen Ratschlag gefunden, der erste Lektion im Lernprogramm sein könnte: »... Verabreden Sie mit Ihrem Partner einen Streit. Setzen Sie Ort, Zeit und Thema fest. Verabreden Sie gegenseitig ›Foul‹ zu schreien, wenn Sie sich unfair angegriffen fühlen ...« Alles klar? Also dann: Viel Glück zum Lern-Streit!

Eine gute Ehefrau ...

Frau Meier fühlt sich übergewichtig und will ein paar Kilo abnehmen. Um dies in die Wege zu leiten, beschließt sie, für einige Zeit auf das Nachtmahl zu verzichten. Doch leider muß sie das abendliche Fasten nach drei Tagen einstellen, denn da gibt es auch noch den Herrn Meier, und der fühlt sich nicht übergewichtig und haßt es zudem, »ohne Begleitung« Nahrung aufnehmen zu müssen. So ganz vaterseelenallein macht ihm das beste Essen keinen Spaß!

Also schöpft sich Frau Meier nun am Abend wieder den Teller voll und futtert ihn brav leer, denn eine gute Ehefrau ist schließlich nicht dazu da, den Ehemann vom Fleisch fallen zu lassen!

An Samstagen, wenn es verregnete sind, würde Frau Meier gerne die Wohnung gründlich saubermachen. Unter der Woche hat sie, weil berufstätig, nämlich kaum Zeit dazu. Doch Herr Meier leidet sehr, wenn der Staubsauger brummt und Putzmittelgeruch in der Luft liegt. Das erinnert ihn an den Sauberkeitsfimmel seiner Frau Mutter, und unter dem hat er schon als Knabe fürchterlich gelitten.

Also läßt Frau Meier den Samstagsputz sein, denn eine gute Ehefrau ist schließlich nicht dazu da, beim Ehemann ein altes Kindheitstrauma wieder aufleben zu lassen!

An Sonntagen, die sonnige sind, würde Frau Meier gerne ins Bad fahren. Doch Herrn Meiers Haut ist eine zarte und rötet schnell. Sogar im Halbschatten. Also verzichtet Frau Meier auf den Badeausflug, denn eine gute Ehefrau ist schließlich nicht dazu da, dem Ehemann einen Sonnenbrand auf den Buckel zu laden! Frau Meier würde auch gern an warmen Sommerabenden ein wenig spazierengehen oder in einem Schanigarten sitzen und ein kleines Bier trinken. Doch Herr Meier sieht im »Herumrennen« keinen Sinn und trinkt sein Bier lieber allein und schaut dabei fern. Aber bitte nur, wenn Frau Meier neben ihm sitzt! Ohne seine geliebte Ehefrau macht Herrn Meier nämlich überhaupt nichts Freude! So ist halt die wahre Liebe! Ehe ist Gemeinsamkeit, innige Zweisamkeit, harmonisches Miteinander! Da hätte man ja gar nicht zu heiraten brauchen, wenn dann jeder seiner eigenen Wege geht, sagt Herr Meier.

Und Frau Meier ist sehr gerührt, wenn sie dieses vernimmt. Für so viel innige Liebe, sagt sie sich dann, lohnt es schon, auf ein paar lächerliche eigene kleine Wünsche zu verzichten. Und im Laufe von mehr als zwanzig Ehejahren ist sie im Verzichten schon so perfekt geworden, daß ihr gar nicht mehr in den Sinn kommt, auch Herr Meier könnte – im Interesse von Zweisamkeit und Miteinander – auf ein paar eigene lächerliche kleine Wünsche verzichten.

Eine gute Ehefrau ist schließlich ja auch nicht dazu da, solche Gedanken zu hegen!

Wo wird denn ein Papa Angst haben?

Was passiert Kindern, die wesentlich später heimkommen als ausgemacht? Üblicherweise bekommen sie zuerst vom Papa eine Ohrfeige und werden dann von der Mama unter Tränen umarmt und geküßt. Das mütterliche Verhalten bedarf kaum einer weiteren Erklärung, denn daß sich ein Mensch freut, wenn sich seine Ängste als unbegründet herausgestellt haben, und dieser Freude auch Ausdruck verleiht, ist ganz normal. Und daß es »Freudentränen« gibt, ist ja auch allgemein bekannt.

Aber warum schlagen so viele Papas in dieser Situation zu? Und zwar auch solche, die ansonsten von Ohrfeigen als Erziehungsmittel rein gar nichts halten.

Als wohlüberlegte Strafmaßnahme ist diese Ohrfeige nicht gedacht. Der Papa hat sich, wie man umgangssprachlich so sagt, einfach »Luft machen müssen«.

Also: Die Mama macht sich Luft durch Zärtlichkeit, der Papa macht sich Luft durch Aggression!

Aus dem unterschiedlichen elterlichen Verhalten zu schließen, daß Mamas von gütiger, friedfertiger Wesensart seien und Papas nicht, wäre aber arg falsch. Weit eher ist es so, daß Väter von der Rolle, die sie im Drama mit dem Titel ›Die Eltern warten aufs Kind‹ zu spielen haben, überfordert sind. Ihrer Rolle gemäß haben sie nämlich ruhig und beherrscht zu sein.

Während die Mama alle drei Minuten auf die Uhr schaut und zwischendurch aus dem Fenster, während sie sämtliche Freunde des Kindes anruft und alle Nachbarinnen an ihrer Sorge teilhaben läßt und alle Unglücksmöglichkeiten aufzählt, die auf das Kind zutreffen könnten, hat der arme Papa, seinem Textbuch nach, lauter »coole« Sätze zu sprechen. Sätze wie: »Was soll denn schon passiert sein!« Und: »Jetzt mach dich bloß nicht selber verrückt!« Und: »Wenn etwas passiert wäre, hätte man uns schon längst verständigt!«

Diese Rolle beherrscht der Papa perfekt, doch »eins mit ihr« ist er nicht. Er glaubt sich seinen eigenen Text nicht, er hat genausoviel Angst wie die Mama, nur darf er sie nicht zeigen. Er verbietet sich sogar, sie richtig zu spüren, und das macht ihn zum Gegenteil dessen, was er darstellen muß, nämlich zu einem verunsicherten Menschen. Die Sicherheit holt er sich dann, ganz rollengemäß, durch die Ohrfeige zurück.

Hat dem Lauser ja auch gebührt, wo er seine Mama so in Angst und Schrecken versetzt hat!

»Und Sie?« fragt man den Papa. »Sie hatten gar keine Angst?« Da muß der Papa aber lachen! Er und Angst! Wo wird er denn! Bloß weil ein kleiner Knirps noch keinen richtigen Zeitsinn hat? Ein bißl geärgert hat er sich! Sonst nichts! Und seine Frau hat auf »Hysterisch« gespielt und ihn gereizt werden lassen! Und da ist ihm eben die Hand ausgerutscht!

Im Interesse der Kinder?

Anna sagt, sie sei überzeugt davon, daß Kinder, um zu gedeihen, sowohl einer Mutter also auch eines Vaters bedürfen. Deshalb, sagt sie, ließe sie sich keinesfalls von Albert scheiden; obwohl das Leben mit ihm die »reinste Hölle« sei.

Berta sagt, sie sei überzeugt davon, daß Kinder, um zu gedeihen, des häuslichen Friedens bedürfen. Deshalb, sagt sie, lasse sie sich von Bernhard scheiden; obwohl ein Leben als alleinstehende Frau mit zwei Kindern kein »Honiglecken« sei.

»Aber wegen der Kinder«, sagen Anna und Berta, »muß ich das durchstehen!«

Anna meint, daß zwei vernünftige, erwachsene Menschen im Interesse ihrer Kinder auch dann halbwegs gut zusammenleben können, wenn keine Liebe mehr zwischen ihnen ist.

Berta meint, daß zwei vernünftige, erwachsene Menschen die Interessen ihrer Kinder auch dann halbwegs gut wahren können, wenn sie sich getrennt haben.

Ließen sich erwachsene Menschen tatsächlich vorwiegend von der Vernunft leiten, hätten sowohl Anna als auch Berta recht. Aber erwachsene Menschen sind nur sehr selten wirklich vernünftig.

Wenn sie zusammenleben müssen, obwohl keine Liebe mehr zwischen ihnen ist, sind sie nicht imstande, das vor ihren Kindern zu verbergen, und die Kinder leiden sehr unter dieser Konfliktsituation.

Und wenn sie sich scheiden lassen, weil keine Liebe mehr zwischen ihnen ist, ergeben sich erst recht Konfliktsituationen, und die Kinder leiden unter ihnen.

Annas Kinder werden sich vielleicht später einmal darüber beklagen, daß es bei ihnen daheim zuviel Streit und Zank gegeben habe und zuwenig Liebe. Gut möglich, daß sie dann ihrer Mutter vorhalten werden: »Für uns wäre es besser gewesen, du hättest dich scheiden lassen!« Bertas Kinder werden sich vielleicht später einmal darüber beklagen, daß man ihnen den Vater nur in vierzehntägigen Mini-Portionen zugeteilt habe. Gut möglich, daß sie dann ihrer Mutter vorhalten werden: »Für uns wäre es besser gewesen, du hättest dich nicht scheiden lassen!«

Kinder erwarten sich eben, und das ist ja auch ihr gutes Recht, sowohl zwei stets verfügbare Bezugspersonen als auch ein Familienleben ohne viel Zank und Streit. Es ist ihnen unmöglich, einsichtig zugunsten des einen auf das andere zu verzichten.

Daher sollten Anna und Berta, wenn sie den Entschluß fassen, sich scheiden zu lassen oder die Ehe aufrechtzuerhalten, einsehen, daß sie diesen Entschluß im eigenen Interesse fassen.

Da viel vom »Interesse der Kinder« zu reden ist eine grobe Heuchelei. Den Kindern geht es schlecht, wenn sich die Eltern nicht mehr liebhaben; ganz gleich, ob diese Eltern nun zusammenleben oder sich getrennt haben. Einem Kind, dem es ohnehin schon schlechtgeht, auch noch das Gefühl zu geben, seine Mutter hätte wegen ihm – so oder so – ein hartes Los auf sich genommen, ist ziemlich unfair.

Für jeden einen Silberzehner!

Frau Meier ist verheiratet und hat eine Tochter. Herr Meier ist ein schlechter Ehemann. Er läßt seinen Grant – und davon hat er jede Menge – an seiner Frau aus. Ist das Konto überzogen, sieht das Herr Meier nicht als Folge seines Autokaufs, sondern macht dafür die Verschwendungssucht seiner Frau verantwortlich. Ist der Teppich schmutzig, kommt das nicht davon, daß Herr Meier mit dreckigen Schuhen über ihn spaziert ist, sondern davon, daß Frau Meier eine Haushaltsniete ist. Hat die Tochter schlechte Noten, kommt das davon, daß Frau Meier nicht fähig ist, sie zum Lernen zu motivieren. Vielleicht kommt es auch von der Erbmasse, die sie an die Tochter weitergegeben hat, jedenfalls hat sie die Schuld! An allem hat sie die Schuld! Um so »Kleinkram« wie Haushalt und Kind kann sich Herr Meier ja nicht kümmern, er hat ja einen schweren Beruf, der seine ganze Leistungskraft verbraucht.

Frau Meier hat auch einen Beruf. Aber der zählt nicht. Sie verdient viel weniger als ihr Mann. Herr Meier betrachtet seiner Frau Einkommen als ihr Taschengeld. Daß Frau Meier um ihr Taschengeld Nahrung kauft und die Tochter kleidet, ist ihre Sache.

Frau Meier erträgt das. Sie duldet es zwar nicht schweigend, sie jammert, klagt, weint auch. Manchmal tut sie sogar schreiend Scheidungsabsicht kund. Doch die nimmt sie bald wieder zurück. Warum? Weil die Tochter dann, noch lauter schreiend, verkündet: »Aber ich bleibe beim Papa, wenn ihr euch scheiden laßt!« Herr Meier hört solch verzweifelte Erklärungen seiner Tochter gern. Das tut ihm in der Seele gut. So hat er seine Frau noch besser »in der Hand«. Sie ist ja eine üble Hausfrau, verdient einen Pappenstiel, kann nicht wirtschaften, kümmert sich nicht um Schulerfolge und ist auch reichlich hysterisch, aber – das muß sogar Herr Meier zugeben – die Tochter liebt sie von ganzem Herzen. Darauf kann er sich verlassen. Nie würde sie sich von ihrer Tochter trennen! Sie müßte es im Falle einer Scheidung auch gar nicht, denn Herr Meier, beruflich so beansprucht, könnte und wollte die Tochter ja nicht zu sich nehmen. Das wissen Herr und Frau Meier, aber das weiß die Tochter nicht. Und Frau Meier wird der Tochter, die sie sehr liebt, nicht sagen: »Gutes Kind, nie im Leben nimmt dich dein Vater zu sich!«

Eine gute Mutter verletzt die Gefühle ihrer Tochter nicht so tief. Auch darauf kann sich Herr Meier verlassen. Also ist er zu seiner Tochter unheimlich lieb, verteidigt sie, wenn es not tut, gegen die Mutter, erfüllt der Tochter jeden Wunsch und kann sich sicher sein, daß die Tochter im Bedarfsfall mit der Meldung »Aber ich bleibe beim Papa« eingreifen wird.

Ein Einzelfall? In Kenntnis vieler Leserbriefe kann ich nur sagen: Für jeden Herrn Meier einen Silberzehner, und ich wäre Millionär.

Ach, liebe Christenmenschen

Daß katholische Bischöfe gegen die Fristenlösung sind, nimmt wohl keinen Christenmenschen wunder. Schon eher darf erstaunen, wenn ein Bischof öffentlich fordert, daß dieses »liberale« Gesetz rückgängig gemacht werde; womit der Schwangerschaftsabbruch wieder strafbar wäre. Abgesehen davon, daß Gesetzesänderungen Sache der Politiker sind und sich Kirchenmänner doch angeblich nicht in politische Belange einmischen wollen, stünde ihnen wohl das Überzeugen und Bekehren eher an als das Verbieten und Bestrafen. Aber noch mehr erstaunt es, daß nun eben diese Bischöfe auch gegen die Empfängnisverhütung wettern.

Wollen sie Abtreibungen bloß bestrafen, oder wollen sie, daß nicht mehr abgetrieben wird? Ich meine denn doch, daß sie ehrlichen Herzens daran Interesse haben, die Anzahl der Abtreibungen zu verringern.

Aber wie soll denn das gelingen, wenn nicht durch Empfängnisverhütung?

Vielleicht durch intensivere Verbreitung des Wissens um die unfruchtbaren Tage der Frau?

Ach, liebe Christenmenschen, für jede Befruchtung an vermeintlich unfruchtbaren Tagen einen Silberzehner, und Ihr hättet genug Geld, um sämtliche verluderten Dorfkirchlein zu renovieren! Und dann wäre wohl noch kirchlicherseits die geschlechtliche Enthaltsamkeit anzudienen! Aber daß dieses als Mittel zur Familienplanung nicht allzu effizient ist, dürfte nicht einmal den heiligmäßig lebenden Herren entgangen sein. Es ist halt ein echtes Kreuz! Wenn religiöse Gebote nicht mehr den allgemeinen moralischen Wertvorstellungen entsprechen, dann werden sie nicht befolgt. Ein starres Festhalten an Normen, die sich nicht auf einen allgemeinen Konsens stützen können, lassen die sogenannten Taufscheinkatholiken bloß matt lächeln, bringen aber wirklich gläubige Menschen in große Seelennot. Zu dieser Seelennot weiß ich eine kleine Geschichte, die leider traurigerweise eine wahre ist:

Eine gläubige Frau, die Pfarrerswort stets als Gotteswort nahm, hatte bereits drei Kinder und sah sich nicht in der Lage, ein viertes Kind menschenwürdig großzuziehen. Da sie trotzdem wieder schwanger wurde, ließ sie abtreiben. Um sie vor weiteren Abtreibungen zu behüten, informierte sie der Arzt über Verhütungsmethoden. Doch die Frau lehnte ab. Sie sagte: »Wenn ich abtreib', Herr Doktor, sündig' ich höchstens alle zwei Jahr'. Wenn ich die Pille nehm', dann sündig' ich jeden Tag!«

Nun lachen Sie bloß nicht, liebe Leser. Die Logik des Gedankenganges der armen Frau ist einleuchtend. Vielleicht nicht für Sie, vielleicht nicht für mich, aber wenigstens für Bischöfe, will ich hoffen.

Das Tränenrätsel

Nach fünfzehnjähriger intensiver Forschung hat nun ein Biochemiker »das Rätsel der Tränen« gelöst. Nun ist nicht nur sicher, was schon immer gewiß war, nämlich, daß das Weinen manchmal »guttut«, sondern auch die alte Weisheit meiner Großmutter hat sich bestätigt: Weinen entgiftet den Körper!

Steht der Mensch unter Streß, setzt sein Körper Chemikalien frei. Diese werden durch das Weinen abgebaut. Der Mangangehalt, zum Beispiel, ist in den Tränen dreißigmal höher als im Blut. Es ist auch ein großer Unterschied, ob man aus Trauer und Verzweiflung weint, oder ob bloß eine geschnittene Zwiebel die Tränendrüsen aktiviert. In »gefühlsmäßig« vergossenen Tränen wurde eine um vierundzwanzig Prozent höhere Proteinkonzentration gemessen als in Zwiebeltränen.

Aber in beiden Tränenarten konnten drei Stoffe nachgewiesen werden, von denen man weiß, daß sie der Körper unter Streß freisetzt: ein Endorphin, das Schmerz reduziert, und zwei Hormone, ACTH und Prolaktin.

Warum ich Ihnen, verehrte Leser und Leserinnen, das so genau erkläre?

Weil man da wieder einmal sieht, wie gut wir Frauen es doch haben! Wir dürfen weinen, wenn uns danach ist. Was aber ein »richtiger« Mann ist, der hat in allen Lebenslagen die Augen trocken zu halten, steckt also voll Streß-Chemie, die wir Frauen in regelmäßigen Abständen abbauen.

Ungebildet, wie ich bin, weiß ich ja nicht, was dieser Stau von Mangan, Protein, Endorphin, ACTH und Prolaktin in einem Männerkörper bewirkt, aber angenehm ist es sicher nicht. Leicht könnte es sein, daß viel von dem, was uns Frauen das Zusammenleben mit

Männern oft so unerträglich macht, von diesem grauslichen Stau verursacht wird.

Seit ich um »das Rätsel der Tränen« weiß, bin ich einsichtig. Nie mehr werde ich sagen, daß mein Mann »einen Grant« hat! Nein! Einen ACTH-Stau hat er (was immer das sein mag)! Prolaktin-endorphin-vergiftet ist er, der arme Mann!

Daraus folgt: Die Männer müssen weinen lernen. Und: Es wäre hoch an der Zeit, daß sich die Institute für Erwachsenenbildung des Problems annähmen. Die Volkshochschulen etwa. Aber soviel ich auch in Kursprogrammen blättere, nirgendwo finde ich: *Weinen für Männer – Anfänger* oder *Weinen für Männer – Fortgeschrittene.*

Also müssen wir Frauen auch da wieder einmal zur Selbsthilfe greifen! Irgendwie, meine Damen, müssen Sie es schaffen, den Herrn Gemahl endlich zum Heulen zu bringen, wenn Sie an seinem Wohlergehen wirklich Interesse haben.

Männer-Viren

Es gibt, habe ich mir sagen lassen, sehr verschiedene Arten von Grippe-Viren. Doch abgesehen von den diversen Influenza-Viren, die Mediziner kennen, kann man die Grippe-Viren grob in zwei Sorten einteilen: in die Viren, die Männer befallen, und in die Viren, von denen wir Frauen heimgesucht werden. Da muß es sich nämlich um ganz unterschiedliche Exemplare handeln!

Anzunehmen ist, daß Grippe-Viren fair sind und das sogenannte »schwache« Geschlecht nur in ihrer milden Erscheinungsform belästigen, während die härtesten, rücksichtslosesten und gemeinsten Exemplare über das »starke« Geschlecht herfallen. Freilich, sowohl bei Männern als auch bei Frauen geht die Grippe mit Fieber, Rachenschmerzen, Abgeschlagenheit, Kopf-, Kreuz- und Gliederschmerzen einher. Zuweilen auch mit Schüttelfrost. Aber wie wird ein Mann geschüttelt und wie eine Frau? Eben!

Eine Frau bekommt ein wenig Gänsehaut, klappert ein bißchen mit den Zähnen und tut mit Krächzestimme kund, daß ihr nicht ganz wohl sei. Ein Mann hingegen kann seine Befindlichkeit fast gar nicht mehr ausdrücken vor lauter körperlicher Hinfälligkeit. Mehr als ein paar heisere Stöhnlaute sind von seinen grippekranken Stimmbändern nicht zu erwarten. Auch sind 37 Grad männliche Körpertemperatur eine weit ärgere Qual als 37 Grad weibliche Körpertemperatur. Deshalb sind auch so viele Männer, wenn sie von der Grippe befallen sind, der irrigen Meinung, das Fieberthermometer müsse kaputt sein. Weil sie wie 40,2 spüren, was sie als 37,1 ablesen. Und darum beleidigt man einen Mann sehr, wenn man ihm im Grippefalle etwas heißen Lindenblütentee und zwei Aspirin anbietet.

Das mögen gute Hausmittel gegen den harmlosen Viren-Typ sein, der uns Frauen etwas »unpäßlich« macht, aber eine richtige Männer-Grippe bedarf wesentlich schwererer Medizinal-Geschütze, wie: absolute Bettruhe und einen Fernsehapparat neben dem Krankenlager, Breitbandantibiotikum und ein ›Playboy‹-Magazin, leichte, aber doch wohlschmeckende Kost rund um die Uhr, Essigpatscherln und – vor allem – Zuspruch und Verständnis der betreuenden Person. Sollte diese betreuende Person, die im Regelfalle weiblichen Geschlechtes ist, aber selbst von der Grippe befallen sein, was ja hin und wieder vorkommen könnte, da Grippe als Epidemie aufzutreten pflegt, dann möge sie sich hüten, diesen Umstand zu erwähnen.

Warum? Na, deshalb, weil Männer sehr sensibel sind!

Zu merken, daß sie im Leben nicht nur allgemein, sondern auch noch »virusmäßig« viel schlimmer dran sind als wir Frauen, würde den Heilungsprozeß sehr verzögern, wenn nicht gar unmöglich machen.

Urlaubsstreit

Wann streiten Eheleute am häufigsten? Im Urlaub, behauptet eine neue Untersuchung, streiten Eheleute am häufigsten. Das scheint – auf den ersten Blick – eine traurige Sache zu sein!

Da sehnt ein friedliches Ehepaar monatelang den Urlaub herbei, spart auf ihn, erwartet sich von ihm – wenn schon nicht das große – zumindest das kleine Glück und sitzt dann irgendwo in der Fremde und streitet, was das Zeug hält. Traurig mag es sein, aber unerklärlich ist es nicht. Im Urlaub sind schließlich Ehemann und Ehefrau rund um die Uhr zusammen. Da haben sie nicht nur jede Menge Zeit zum Streiten, da fällt den beiden auch viel eher auf, was ihnen am Partner arg mißfällt.

Daheim, im stressigen Alltagstrott, ist ein intensiver Streit oft gar nicht möglich. Bricht etwa beim hastigen Werktagsfrühstück ein schwelender Konflikt zwischen Mann und Frau auf, kann er nur selten ausdiskutiert werden. Die Ehefrau, die zwischen sieben und halb acht Uhr Kaffee kochen, den Kindern Jausenbrote schmieren, dem Ehemann frische Socken suchen, ein verschlamptes Mathe-Heft finden und einen Streit um den Platz am Waschbecken schlichten muß, kann sich nicht auch noch intensivem Streit mit dem Ehemann hingeben, wenn sie rechtzeitig an ihrem Arbeitsplatz erscheinen will. Und am Abend, wenn der tägliche Kram endlich erledigt ist, sitzt das Ehepaar ja vor dem Fernseh-Kistl. Ein Ehemann, der sein Bierchen trinkt und gebannt den ›Sport am Montag‹ verfolgt, ist auch kein brauchbarer Partner für eine intensive Aussprache. Mehr als »So gib doch Ruh« oder »Jetzt fang nicht schon wieder an« ist da oft nicht zu erwarten.

Im Urlaub aber, nehme ich an, werden dann die

Konflikte ausgetragen, die man das ganze Jahr über sprachlos mitgeschleppt hat.

»Aber nein«, würden da meine lieben Freunde Emil und Eva einwenden. »Wir streiten im Urlaub nur wegen dem Gepäck! Mit anderen Problemen hat das gar nichts zu tun!«

Eva nämlich packt immer soviel nutzlosen Kram in die Koffer; was Emil verbittert. Und Emil packt überhaupt keine Koffer; was Eva verbittert. Dies – und sonst gar nichts –, versichern Eva und Emil, sei bei ihnen Anlaß zum Urlaubsstreit. Anlaß zum Streit mag das ja sein. Aber die Ursache ist es eben nicht! Denn all das, was dann während des Urlaubsstreits zur verbitterten Sprache kommt, hat mit Kofferpacken nichts mehr zu tun. Da wird dann, von der Kindererziehung übers Geldausgeben bis zur Abneigung gegen die Schwiegermutter, alles abgehandelt, was Eva und Emil schwer auf der Seele liegt.

Wahrscheinlich muß das so sein, wahrscheinlich tut das Emil und Eva und all den anderen Urlaubsstreitern sogar sehr gut. Auf alle Fälle kehren Eva und Emil aus dem Urlaub nie zerstritten, sondern sehr friedlich heim. Blitz und Donner haben sie hinter sich, nun können sie wieder ein Jahr lang Gewitterwolken aufstauen.

Körpersprache

Frau Huber liebt Herrn Huber. Bis vor ein paar Monaten meinte sie ihn auch zu kennen. »Inwendig und auswendig!«, wie sie zu sagen pflegte. Doch dann hat eine gute Freundin Frau Huber in die Geheimnisse der »Körpersprache« eingeführt, und nun kennt sich Frau Huber mit Herrn Huber überhaupt nicht mehr aus. Das ist nämlich so: Die Körpersprache eines Menschen lügt nie! Da kann sich ein Mensch, mit Worten oder Taten, verstellen, wie er nur mag, seine Körpersprache entlarvt ihn, zeigt, wie er wirklich ist!

Zwanzig Ehejahre lang hat Frau Huber Herrn Huber für einen tiefen Denker gehalten. Stundenlang nämlich sitzt Herr Huber im Lehnstuhl, starrt vor sich hin, ist zu keinem Gespräch bereit und erklärt das mit: »Ich muß da ein Problem durchdenken!« Nun, wo Frau Huber in die Geheimnisse der Körpersprache eingedrungen ist, weiß sie, daß das eine Lüge ist. Einen Schmarrn denkt der Kerl! Bloß seinen Gefühlen, wie immer die sein mögen, gibt er sich hin! Herr Huber ist Rechtshänder. Bei denen ist die linke Körperhälfte für den Gefühlsbereich zuständig. Wenn ein Rechtshänder nach links schaut – und das tut Herr Huber immer, wenn er angeblich nachdenkt –, dann gibt er sich nicht der Ratio, sondern den Emotionen hin!

Und immer tut Herr Huber so, als habe er den totalen Durchblick. Bei jedem Problem hat er eine Lösung parat. Aber: Während er mit selbstsicheren Worten Frau Huber diese Lösung vorschlägt, zupft und reibt er andauernd an seinen Ohrläppchen herum. Egal ob am rechten oder am linken, jeder, der sich körpersprachlich auskennt, weiß, daß das nur Menschen tun, die sehr unsicher sind und keinen Durchblick haben.

Die bitterste Erkenntnis für Frau Huber aber ist, daß

auch Herrn Hubers Liebeserklärungen nur Lug und Trug sind. Ja, ja, die Worte wählt er ergreifend und zu Herz gehend. Doch was machen seine langen Beine, während er so emsig seine Zuneigung kundtut? Die verraten ihn! Und wie!

Herr Huber, wenn er neben Frau Huber sitzt und liebeserklärerisch tätig wird, wendet dieser zwar den Oberkörper zu, die Beine wendet er jedoch von ihr ab. Schräg seitwärts! Nach der Seite hin, auf der Frau Huber nicht sitzt!

Beine lügen nicht. Wenn seine Beine auf Distanz gehen, liebt der ganze Mann nicht! Wenn der ganze Mann liebt, sind seine Beine anschmiegsam!

Jeden Tag entdeckt Frau Huber einen neuen körpersprachlichen Abgrund an Herrn Huber. Und reibt sich sinnend die Nase! Was Herrn Huber verstört. Er ist neuerdings auch ein Wissender in Sachen Körpersprache und weiß: Nasenreiben deutet auf Konflikt hin!

Die Geliebte

»Die Geliebte« ist im Moment ganz groß in Mode. Also, ganz groß in Mode war sie anscheinend schon immer, denn bei Umfragen geben siebzig Prozent aller verheirateten Männer an, daß sie im Laufe ihrer Ehe mindestens einmal eine intensive Liebesbeziehung »nebenbei« gehabt hätten. Neu ist bloß, daß »die Geliebte« so heftig überall im Gespräch ist. Man macht psychologische Untersuchungen über sie, bespricht sie in Fernsehrunden und widmet ihr lange Artikel in Illustrierten.

Anliegen all dieser Untersuchungen, Artikel und Diskussionen ist es, sich mit den Gefühlen dieser Frauen auseinanderzusetzen.

Das böse Image von der unmoralischen Frau, die in eine Ehe eindringt und sich ohne Skrupel nimmt, was ihr nicht zusteht, soll zerstört werden. Daß »die Geliebte« ein Mensch ist, der es nicht leicht hat und viel leidet, soll erkannt werden.

Am schwierigsten für die Geliebte, heißt es, sei das ewige Warten. Unentwegt hat sie zu warten, ob der Mann, den sie liebt, von daheim weg kann. Das ist sicher nicht leicht zu ertragen. Aber andrerseits gibt es da ja noch eine dritte im Bunde, und das ist die Ehefrau. Und die muß auch warten! Die muß warten, ob der Mann, den sie liebt, wieder heimkommt, wenn er weggegangen ist. Ehen sind ja schließlich nicht mehr untrennbar, und wenn sich auch bei weitem nicht alle Ehemänner mit Geliebter von der Ehefrau scheiden lassen, so muß doch jeder Ehefrau die Angst vor Trennung zugestanden werden.

Es warten also zwei Frauen, denen es beiden nicht gutgeht, die beide leiden. Dem dazugehörigen Mann hingegen geht es sichtlich gar nicht so übel, denn er hat sich eine feine Ergänzung zur Ehefrau zugelegt. Er hat sich »außer Haus« gesucht, was er daheim nicht bekommen hat.

Hat er daheim ein liebes »Hausmütterchen«, das ihn umsorgt, nimmt er sich als Geliebte eine flotte »Berufstätige«, die nie ans Wäschewaschen denken muß. Hat er daheim eine »Intellektuelle«, nimmt er sich als Geliebte eine »Naive«, die sein armes Hirn nicht viel strapaziert. Der Mann mit Ehefrau und Geliebter kann also rundum zufrieden sein. Und trifft er es halbwegs gut, dann will die Ehefrau – aus Angst, ihn zu verlieren – über seine Untreue gar nicht Bescheid wissen, und die Geliebte hält – aus ganz ähnlichen Gründen – das Verhältnis mit ihm schön brav geheim. Was dem Mann lästige, langwierige und unschöne Auseinandersetzungen erspart.

Ich bin wirklich dafür, daß das Thema »Geliebte« noch einige Zeit überall im Gespräch bleibt.

Vielleicht sehen dann viele Frauen ein, daß ihnen nicht eine andere Frau etwas »antut«, weil sie sich gemeinerweise nicht scheiden läßt, oder weil sie gemeinerweise einen verheirateten Mann liebt, sondern daß da gemeinerweise ein Mann zwei Frauen etwas antut; seiner Ehefrau und seiner Geliebten.

Die naive Grete

Grete ist mit Hans verheiratet. Grete ist eine sanfte, gutmütige, liebe Frau. Menschliche Regungen wie Mißtrauen etwa sind ihr fremd. Und den Hans liebt sie nach zwanzig Jahren Ehe immer noch aus ganzem Herzen. An seiner ehelichen Treue hegt sie keinerlei Zweifel. »Mein armer Hans«, sagt sie, »muß immer Überstunden machen. Er ist halt für den Betrieb unentbehrlich!«

Oft muß Hans auch am Wochenende zu einer Tagung oder auf ein Seminar fahren. Dann packt ihm Grete das kleine Köfferchen und tröstet ihn wegen des total verpatzten Wochenendes. Wenn Grete am Samstagabend ihren Hans am Orte der Tagung oder des Seminars anrufen will, um ihm ein paar nette Worte zu sagen, dann wundert sie sich stets, wie dumm doch Hotelportiers sind. Die behaupten nämlich immer, daß niemand mit Hansens Namen im Hotel abgestiegen sei, und daß es im Orte momentan auch gar keine Tagung und kein Seminar gebe. Unerklärlich ist der Grete diese Portiersdummheit! Leicht zu erklären hingegen ist, daß Grete den Hans auch telefonisch nicht erreicht, wenn er Überstunden machen muß. In den Abendstunden ist die Telefonzentrale im Büro nicht besetzt, und da wird dann so eine »komische Ringschaltung« eingeschaltet, die funktioniert einfach nicht. Hans hat ihr das genau erklärt. Und Hans lügt doch nicht!

Wir, die mit Hans und Grete befreundet sind, wissen, daß Hans lügt. Er macht keine Überstunden und war noch nie auf einer Tagung. Er hat eine Freundin. Alle im Bekanntenkreis wissen das. Doch darüber, wie man mit diesem Wissen umzugehen hat, sind die Meinungen geteilt. Die Männer sagen: »Da mischt man sich nicht ein!« Sie versuchen überzeugend darzulegen, daß eine unwissende Grete allemal glücklicher sei als eine wissende Grete, die Konsequenzen zu ziehen hätte. Die Frauen teilen diese Ansicht nicht. Sie wollen Grete nicht »blöd sterben lassen«. Aber sie schonungslos mit der Wahrheit zu konfrontieren erscheint ihnen zu brutal. Also machen sie Andeutungen. Bloß, die versteht Grete nicht, weil man Andeutungen nur versteht, wenn man Verdacht geschöpft hat. Und das hat Grete ja nicht! »So geht's nicht«, sagte ich mir also und wollte Grete ohne Umschweife informieren. Doch bevor ich zu Wort kam, erklärte mir Grete, daß es ihr im Moment mies gehe. Beruflich nur Ärger, Streit mit der Tochter, Schulkummer mit dem Sohn. Und die Mutter im Spital! Nur die glückliche Ehe mit Hans, sagte sie, gebe ihr Kraft, durchzuhalten.

Da schwieg ich und behielt mein Wissen für mich. Kurz und gut: Reden ist falsch, Schweigen ist auch falsch. Da bleibt nur die Lösung, so naiv wie Grete zu werden. Die Frau, mit der man Hans immer sieht, könnte ja seine Schwester sein! Und der aus seinem Büro, der schwört, daß Hans nie auf eine Tagung geschickt wird, der könnte ja lügen! – Wäre es vielleicht möglich, daß uns Grete zu dieser Einstellung zwingen will?

KINDER

Angeblich sehen Kinder in verkabelten Haushalten pro Tag fünfundneunzig Minuten fern. So hat es eine Erhebung ergeben, bei der hunderte Mütter und Erzieherinnen nach den TV-Gewohnheiten der Kinder befragt wurden.

Diese täglichen fünfundneunzig Minuten erscheinen Menschen, die sich um das geistige und seelische Wohl von Kindern sorgen, wesentlich zuviel. Wenn ich mich jedoch bei »verkabelten Kindern« so umhöre, muß ich leider argwöhnen, daß diese fünfundneunzig Minuten noch weit untertrieben sind. Da dürften viele Erzieherinnen falsch informiert und viele Mütter nicht ganz ehrlich gewesen sein!

Wenn ich meinen kindlichen Informanten glauben darf – und es besteht eigentlich kein Anlaß, dies nicht zu tun –, dann leben die Kabelkinder mit eingeschaltetem Fernsehapparat. Ganz so, wie wir als Kinder mit eingeschaltetem Radio gelebt haben. Und so wie unsere Mütter über das »ewig plärrende Kastel« schimpften, schimpfen heutige Mütter über die »ewig flimmernde Kiste«. Und ebenso selten, wie es unseren Müttern gelang, uns freiwillig zum Abstellen des Radios zu bewegen, gelingt es heutigen Müttern, ihre Kinder zum Abschalten des Fernsehers zu animieren.

Gewiß, hin und wieder reißt ihnen – so wie unseren Müttern damals auch – die Geduld, und sie drücken autoritär die Aus-Taste.

Doch die Zeiten, in denen es als »erziehliches Muß« galt, über den Fernsehkonsum der Kinder zu wachen, die Programmauswahl zu treffen und dem Kind während des Fernschauens betreuender Begleiter zu sein, sind vorbei.

Was so ein echtes Kabelkind ist, das sitzt ja auch

nicht mehr hingerissen und hochgespannt vor dem Fernseher und verfolgt eine Sendung vom Anfang bis zum Ende. Ein echtes Kabelkind hat die Fernbedienung in der Pfote und drückt. Es mixt sich seinen Vorabendcocktail aus einem Scheibchen FS 1 ›Wurlitzer‹ und einem Achterl ›Falcon Crest‹, holt sich ein Schluckerl ›Molle mit Korn‹ von der ARD, schmeckt mit einem Häuchlein ›Planet der Affen‹ von SAT 1 ab, tut eine Prise aus dem ZDF vom ›Tod der Unparteiischen‹ dazu und rundet mit dem ›Job für eine Leiche‹ von RTL plus ab. Und ist dabei frustriert, weil es das Ganze noch gern mit ein wenig ›Gefrier-Schocker‹ kühlen würde, aber der wird leider erst um 23 Uhr 25 in SAT 1 gesendet, und da muß das brave Kabelkind schon im Bett sein. Doch allzu gewaltig ist dieser kindliche Frust nicht, denn das kluge Kind kann ja auch den Videorecorder bedienen und programmiert sich den ›Gefrier-Schocker‹ ein, damit es ihn morgen dann mit ›Lassie‹ und ›Kampfstern Galactica‹ zu einem gesunden Nachmittagsmüsli vermischen kann.

»Von oben« verordnet

Die »gsunde Watschn« (für Nichtösterreicher: Ohrfeige oder Backpfeife), die angeblich noch keinem Kind geschadet hat, soll nun gesetzlich verboten werden. Mehr als »Na endlich!« wäre dazu eigentlich wirklich nicht zu sagen. Da aber einundneunzig Prozent der österreichischen Eltern die »gsunde Watschn« als Erziehungshilfe für unentbehrlich halten, muß man sich wohl immer noch und immer wieder mit ihr auseinandersetzen.

Es ist ja nicht erfreulich, wenn ein Gesetz dem Bewußtsein derer, die es zu befolgen haben, nicht entspricht. Über die humane Qualität des Gesetzes sagt das jedoch gar nichts aus, denn das »gesunde Volksempfinden«, das die »gsunde Watschn« nicht missen möchte, hat ja auch immer noch allerhand für die Todesstrafe übrig; und trotzdem denkt der Gesetzgeber nicht daran, sie wieder einzuführen. Demokratie »von oben« also. Und die ist immer noch erfreulicher als gar keine, weil man hoffen darf, daß sich die Leute schön langsam an die »von oben« verordnete Menschlichkeit gewöhnen werden.

Daran, daß man einen Mörder nicht umbringen darf, haben sich die Leute wohl oder übel gewöhnen müssen, denn Mörder sitzen hinter Schloß und Riegel und stehen zum »Aufknüpfen« nicht zur freien Verfügung. Aber Kinder stehen den Eltern jederzeit für Klapse, Tachteln, Watschen und Prügel zur freien Verfügung. Wird sich da also, wenn wir das »Watschenverbot« haben, viel ändern?

Die, die das Züchtigungsrecht der Eltern hochschätzen, befürchten es jedenfalls. Übereifrige Nachbarn, kann man da lesen, könnten nun einen armen, liebenden Papa, dem einmal die ansonsten nur streichelnde

Hand »ausrutscht«, gleich »vernadern«. Oder noch ärger: Ein Kind, das eine Tachtel (leichte Ohrfeige) bekommt, könnte »im Zorn zur Fürsorge laufen«.

Solche Einwände sind einfach unsinnig. Wir leben in einem Land, in dem Kinder mißhandelt, sogar totgeprügelt werden und die Nachbarn nicht eingreifen. Wir leben in einem Land, in dem auch die Kinder, die von ihren Eltern in einem Ausmaß geprügelt werden, wie es die bisherige Gesetzeslage verbietet, nicht Schutz bei der »Fürsorge« suchen.

Die Angst, daß nach Inkrafttreten des neuen Jugendwohlfahrtsgesetzes zornige Kinder und gehässige Nachbarn vor den Jugendämtern Schlange stehen könnten, ist nicht nur eine unbegründete, sondern auch eine arg geheuchelte. In Wirklichkeit wird die »gsunde Watschn« deshalb verteidigt, weil sie tatsächlich sehr gesund ist. Gesund für den Watschengeber nämlich. Sie ist einfach das bequemste Mittel, den elterlichen Willen durchzusetzen und die Machtverhältnisse zwischen »groß« und »klein« eindeutig darzustellen.

»I brauch nur die Hand heben, und er pariert schon!« kann man dann stolz sagen.

Vom Stolz über die erhobene Hand bis zur Scham über diese ist ein sehr weiter Weg. Ein mühevoller Weg, auf dem es viel zu lernen gilt. Aber einmal muß man den ersten Schritt tun, wenn man ans Ziel kommen will.

Kleines Kind – großer Feind?

Da sitzt eine junge Frau in der Straßenbahn. Ein Baby hat sie auf dem Schoß, ein Kleinkind versucht, sehr vehement und sehr raunzend, ebenfalls auf ihrem Schoß Platz zu nehmen. Die junge Frau verwehrt dies dem Kleinkind, weil ihr Schoß als Sitzplatz für zwei Kinder nicht breit genug ist. Das erklärt sie dem Kleinkind in freundlichen Worten. Das Kleinkind kapiert es, zieht aber daraus den Schluß, nun gelte es, das Baby vom Schoß der Mutter zu zerren, um sich einen Schoßplatz zu verschaffen.

Das Baby brüllt! Das Kleinkind brüllt! Die junge Frau fleht den Nachwuchs an, doch wieder lieb zu sein, doch der Nachwuchs hört nicht auf sie, sondern trägt den geschwisterlichen Eifersuchtskampf weiter aus.

Die Kommentare der anderen Fahrgäste dazu: »Wenn's keine Kinder erziehen kann, dann soll's keine kriegen!«

»Die Gschrappen gehören ja in einen Käfig und nicht in die Straßenbahn!«

»Die hätten schon längst eine Watschen von mir, dann wär' bald Ruh!«

Abgesehen von diesen laut geäußerten Unmutskundgebungen registrierte ich noch jede Menge indignierter, böser Blicke auf die junge Frau und ihre zwei Kinder. Die junge Frau registrierte dies alles auch und stieg, samt Nachwuchs, bei der nächsten Station aus. Ich wette, sie war noch längst nicht an ihrem Fahrziel.

Ich verstehe ja, daß vieler Menschen zarte Nerven Kindergeschrei nur schwer aushalten. Aber warum, um Himmels willen, gleich soviel Aggression?

Daß kleine Geschwister eifersüchtig aufeinander sind, ist bekannt, daß sie ihren Frust lautstark ausdrücken, ebenfalls. Ein Kind, welches das nicht täte, wäre nicht normal! Und daß ein brüllendes Kind, wenn es eine Ohrfeige bekommt, nicht zu brüllen aufhört, sondern noch lauter brüllt, ist eine sichere Gewißheit.

Jeder vernünftige Mensch weiß, daß kleine Kinder hin und wieder brüllen und dabei keinerlei Rücksicht darauf nehmen, ob die Umgebung für ihr Gebrüll »passend« sei. Weder läßt sich dieses Gebrüll durch »gute Erziehung« verhindern, noch ist es durch Ohrfeigen abzustellen.

Wir werden durch schrecklich viel Lärm belästigt. Ich habe jedes Verständnis dafür, daß man dem Lärm den Kampf ansagt. Aber da gibt es doch jede Menge Feinde wie Mopeds, Preßlufthämmer, Stereoanlagen, startende Flugzeuge, quietschende Autoreifen und, und, und ...

Zuallererst den brüllenden Kleinkindern den Kampf anzusagen ist gleichermaßen unsinnig wie unmenschlich.

Die Miterzieher

In der Theorie sind die meisten Menschen der Ansicht, daß man die Erziehung eines Kleinkindes tunlichst den Kindeseltern überlassen möge. In der Praxis schaut das allerdings ganz anders aus. Da gehen überall die »Miterzieher« um. Ich kann es ja noch verstehen, daß man sich gegen das Benehmen eines fremden Kleinkindes zur Wehr setzt, wenn man unter diesem Benehmen zu leiden hat. Sitzt man in der Straßenbahn, und spuckt einem ein Kleinkind freundlich lächelnd Kirschenkerne in den Schoß, ohne daß die zum Kleinkind gehörige Mama dies abzustellen versucht, hat man sehr wohl das Recht, dieses Kleinkind abzumahnen. Und muß man zusehen, wie eine nervöse Mutter einem Kleinkind aus nichtigem Anlaß eine Ohrfeige gibt, hat man das Recht, diese Mama abzumahnen.

Aber warum, um alles in der Welt, müssen die »Miterzieher« friedliche Kleinkinder und deren nicht minder friedliche Mütter grob belästigen? Da geht – zum Beispiel – ein zweijähriger Knirps an der Hand seiner Mutter und frohgemut an seinem Schnuller nuckelnd durch den Park. Und schon kommt jemand des Weges, beugt sich zum Knirps hinunter und spricht mit honigsüßer Stimme: »So ein großes Mädi und hat noch einen Zuzi? Pfui-gaka!« Dann greift der Miterzieher neckisch nach dem Schnuller und tut, als wolle er dem Knirps den Schnuller wegnehmen. Worauf der Knirps empört ob des vermeintlichen Mundraubes losplärrt, der Schnuller in den Kies fällt und der Miterzieher zufrieden enteilt.

Mit dem »Wegnehmen« haben es die Miterzieher überhaupt! Ob sie die nachfolgende Generation großzügiges Teilen und Verzicht auf Privatbesitz lehren wollen?

»Mir g'hörts!« rufen sie schelmisch und greifen nach der Banane, dem Zuckerschlecker oder dem Salzstangel, das ein Kleinkind in der Hand hält. Gibt ihnen das Kleinkind dann allerdings widerspruchslos die Banane, den Zuckerschlecker oder das Salzstangel, sind sie arg irritiert und zum Verzehr absolut nicht gewillt. Anscheinend sind sie doch nicht auf das Teilenlehren aus, sondern wollen Kleinkindern nur beibringen, daß erwachsene Menschen ungeheuer mächtig und jederzeit in der Lage sind, sich zu nehmen, was ihnen beliebt.

Ein weites Betätigungsfeld für Miterzieher ist auch das Rollenverhalten des Kleinkindes.

»Wie heißt du denn, Mädi?« fragt der Miterzieher.

»Martin«, antwortet der Knirps. »Ein Bubi bist?« Der Miterzieher kann es nicht fassen. »Nein, nein, du bist doch ein Mädi«, beharrt er, »sonst hättest du kein Wagi mit einem Puppi!« Wie man sich gegen die Miterzieher zur Wehr setzen kann, weiß ich nicht. Kleinkinder, die »Bääh« machen und die Zunge zeigen, schrecken sie ab. Aber welche verantwortungsbewußte Mutter wagt schon, ihrem unschuldigen Kind so ein loses Betragen anzutrainieren?

Wolfi hat sich verändert!

Der kleine Wolfi hat sich im letzten Jahr sehr verändert. Gar nicht zum Vorteil! Dabei war er früher so ein lieber Bub! Und gescheit, das merkt man, ist er immer noch! Aber dieses Benehmen! Er quengelt herum, er bekommt richtige Tobsuchtsanfälle, wenn ihm etwas nicht paßt. Der lieben Tante Gitti hat er die Zunge gezeigt, ganz ohne Grund. Und dem Cousin Otti hat er das große Plastikauto an den Kopf geworfen. Ja, ja, im Trotzalter ist er. Aber so, sagt die Verwandtschaft und Bekanntschaft, muß man sich auch im Trotzalter nicht benehmen! Tante Gitti war schließlich auch einmal ein Kind im Trotzalter, aber daran, daß sie ihrer Tante die Zunge gezeigt hätte, kann sie sich nicht erinnern.

Cousin Otti ist auch im Trotzalter und hat trotz diesem nur geheult, als ihn das Plastikauto am Kopf getroffen hat. Wäre er so fehlgeraten wie der kleine Wolfi, hätte er dem die Gurgel durchgebissen. Also, es ist ein Jammer mit dem Wolfi! Jeder beredet die auffällige Wesensveränderung des kleinen Wolfi und zerbricht sich den Kopf über deren tiefere Ursachen. Man kommt dabei auch zu Ergebnissen, die weit über einen vagen Verdacht hinausreichen. An der Mutter vom Wolfi muß das liegen! Die erzieht ihn falsch!

Der Wolfi hat freilich auch einen Vater. Doch keiner von denen, die über das Wolfi-Problem nachdenken, bezieht den Wolfi-Vater in seine diesbezüglichen Gedankengänge ein. Gewiß, ein idealer Vater ist der Mann nicht. Er ist selten daheim, und wenn er daheim ist, schaut er fern. Und wenn ihn der Wolfi dabei stört, wird er böse. Und wenn ihm der Wolfi etwas erzählen will, hört er ihm nicht zu. Oft brüllt er den Wolfi auch an. Und darauf, daß der Vater – wie in einer guten

Stunde versprochen – mit dem Wolfi in den Tiergarten geht, wartet der Wolfi seit einem Jahr.

Aber was soll's? Viele Väter sind so. Und im Grunde seines Vaterherzens hat er Wolfi doch sehr lieb. Das wird der Wolfi ja wohl auch spüren, denn kleine Kinder haben da ein sehr feines Empfinden! Der Vater ist in Ordnung, den kann man kaum tadeln. Einige Fehler bei der Kinderaufzucht macht schließlich jeder.

Aber die Mutter, also wissen Sie, die muß grundlegend etwas falsch machen! Oberflächlich gesehen, verhält sie sich ja total normal, doch das muß trügerischer Schein sein. Im geheimen wird sie einen Erziehungsfehler nach dem anderen begehen, ist zu gewährend oder zu streng, zu lieblos oder zu liebend, zu sehr vom Verstand oder vom Gefühl geleitet. Ach, was weiß man! Mütter sind jedenfalls immer an allem schuld!

Der Eltern-Schutzschalter

Wissen Sie, liebe Eltern, was ein Eltern-Schutzschalter ist? Aber nein, da geht es nicht um einen Schalterbeamten, der, hinter einer Glasscheibe mit Sprechloch sitzend, Kinder vor Eltern oder Eltern vor Kindern schützt! Den Eltern-Schutzschalter gibt es in einem Porno-Programm für Heimcomputer. Der funktioniert, laut Aussage eines Sechzehnjährigen, so: »Wenn meine Mutter reinkommt, drück' ich den Eltern-Schutzschalter. Dann ist der Bildschirm schwarz!« Porno-Disketten für Heimcomputer sind der neue »Renner«; besonders unter Kindern und Jugendlichen.

Ja, ja, liebe Eltern, die Ihr so stolz seid auf Eure computerliebenden Kindlein, da staunt Ihr, was ein »Heimrechner« alles kann!

Vorbei sind die Zeiten des Pornos zwischen zwei Buchdeckeln. Porno-Videos sind auch schon von gestern. Porno-Software ist aktuell. Und diese Porno-Software, lese ich, hat eine neue Dimension. Man kann nicht nur – wie beim Buch – lesen, man kann nicht nur – wie beim Video – schauen und hören, man kann »teilnehmen«. Das heißt, der Programmierer kann das Geschehen auf dem Bildschirm beeinflussen. Er kann Bewegungen und Laute der auf dem Bildschirm agierenden Personen erzeugen oder variieren.

Wie groß die Anzahl der Kinder und Jugendlichen ist, die ihren braven »Heimrechner« mit Porno-Software füttern, ist wohl statistisch nicht festzustellen. Aber daß es gar nicht so wenige sind, und daß es immer mehr werden, ist klar. Und ebenso klar ist, daß die lieben Eltern diesem neuen Trend total hilflos gegenüberstehen. Mit genügend Zeitaufwand und noch mehr Indiskretion können besorgte Mamas ja herausbekommen, welche »geheime« Lektüre ihre Kindlein als Gute-Nacht-Geschichten bevorzugen. Auch Videorecorder haben Mamas inzwischen zu bedienen gelernt. Also sind auch der Kindlein Video-Sammlungen von den Mamas auf »Jugendschutz« hin kontrollierbar. Doch der Kinder Heimcomputer entzieht sich meistens der Eltern-Kontrolle. Von Burlis Computer verstehen Mami und Papi nämlich gar nichts! Da müssen sie die Finger davon lassen! Da gehen Mami und Papi lieber zum Elternvereinsabend und erregen sich dort über den »Sex-Koffer«, in den zuviel an »Aufklärung« gepackt wurde, dringen im Chor auf »Entschärfung« des Kofferinhaltes.

Derweilen hockt Burli daheim vor dem Computer und animiert mit dem »Joystick« eine Bildschirmmaid zu »Sexy Games«. Und kehren Papi und Mami vom Elternverein zurück, ganz stolz, weil sie bezüglich »Aufklärung« so wacker »anti« waren, drückt Burli den Eltern-Schutzschalter und lächelt milde.

Christine Nöstlinger

Sowieso und überhaupt

Der besinnlich-heitere Familienroman für Leserinnen und Leser von zehn bis hundert

erschienen im
DACHS-VERLAG
im Buchhandel erhältlich

Una Troy im dtv

Mutter macht Geschichten

Eine jung gebliebene Witwe, die es satt hat, sich von ihren drei erwachsenen Kindern bevormunden zu lassen, entschwindet eines Tages. dtv 1286 / großdruck 25003

Die Pforte zum Himmelreich

Zwei recht unkonventionelle Ordensschwestern im Kampf mit der Äbtissin des Klosters. dtv 10405 / großdruck 25052

Ein Sack voll Gold

Eine heitere Familien- und Liebesgeschichte vor dem Hintergrund eines konservativen irischen Dorfes. dtv 10619 / großdruck 25002

Trau schau wem

Als Ellen O'Sullivan den armseligen Hof ihrer Eltern für viel Geld verkaufen kann, wollen ihre Geschwister ihr plötzlich vorschreiben, wie sie ihr Leben einrichten soll ... dtv 10867

Kitty zeigt die Krallen

Eine seit zweiundzwanzig Jahren glücklich verheiratete Frau nimmt den Kampf mit einer attraktiven Nebenbuhlerin auf. dtv 10898

Stechginster

Acht Ruhe suchende Weihnachtsurlauber in einem romantischen Gästehaus werden von sechs fanatischen Jugendlichen in einen ungewöhnlichen Kriminalfall verwickelt. dtv 10989

Das Schloß, das keiner wollte

Ein adeliger Verwandter hinterläßt einer eher bescheiden lebenden Lehrerfamilie ein Schloß. dtv 11057

Eine nette kleine Familie

Die allseits beliebte Lehrerin Miss Meade will Ordnung in die Verhältnisse einer »netten kleinen Familie« bringen, die durch die Ankunft eines fünften Kindes in ihren Grundfesten erschüttert wird ... dtv 11150

Läuft doch prima, Frau Doktor

Ann Morgan ist nicht nur Ärztin aus Leidenschaft, sondern auch verantwortlich für ihre beiden jüngeren Geschwister, die ihr diese Aufgabe in keiner Weise erleichtern. dtv 11214

Die Leute im bunten Wagen

Eleanor Moore und ihre Großnichte Rose stellen den Park ihres Herrensitzes »fahrendem Volk« als Winterquartier zur Verfügung. dtv 11350

Amei-Angelika Müller im dtv

Foto: Studio Kleiber

Pfarrers Kinder, Müllers Vieh
Memoiren einer unvollkommenen Pfarrfrau

Sie ist ein Morgenmuffel, Kochen ist nicht ihre Stärke, und auch sonst entspricht sie nicht dem Ideal einer Pfarrfrau. Sie wollte auch alles andere werden, nur das nicht. Doch sie lernte einen Theologiestudenten kennen – und lieben.
dtv 1759 / dtv großdruck 25011

In seinem Garten freudevoll...
Durchs Gartenjahr mit Wilhelm Busch

Jeder glaubt Wilhelm Busch zu kennen, doch eine Seite des berühmten Zeichners, Dichters und Philosophen ist weniger bekannt: Er war ein großer Naturfreund und Hobbygärtner. Amei-Angelika Müller hat diesen »anderen« Wilhelm Busch aufgespürt in seinen Briefen, Gedichten und Zeichnungen, in denen er von Gärtners Freud und Leid erzählt, das menschliche Leben mit dem Ablauf der Jahreszeiten vergleicht und Tiere und Pflanzen beobachtet.
dtv 10883

Ich und du, Müllers Kuh
Die unvollkommene Pfarrfrau in der Stadt

Nach sieben Jahren in der ländlichen Pfarrei folgt Amei-Angelika Müller ihrem Mann auf eine Pfarrstelle in der Stadt. Neue Erlebnisse und Erfahrungen warten auf die »unvollkommene Pfarrfrau«, von denen sie mit viel Selbstironie und gekonnter Situationskomik erzählt.
dtv 10968

Sieben auf einen Streich

Eine herzerfrischend fröhliche, witzige und humorvolle Familiegeschichte: Sieben Geschwister nebst Anhang, insgesamt siebzehn Personen, darunter nicht weniger als drei Pfarrer, versammeln sich zu einem Familientreffen im Harz. Vergnügliche Einblicke in eine ganz und gar unmögliche Familie...
dtv 11204

Veilchen im Winter

Was macht eine junge Frau, die sich von ihrem skibegeisterten Ehemann zum gemeinsamen Winterurlaub überreden läßt, obwohl sie selbst völlig unsportlich ist und den Winter zutiefst verabscheut? Sie würde nach wenigen Tagen enttäuscht und zornig abreisen – wäre da nicht eine gleichgesinnte Seele in Gestalt eines kleinen Jungen.
dtv 11309

Fay Weldon im dtv

Die Teufelin

Die loyale, aber leider ziemlich unattraktive Ruth erträgt lange die sexuellen Eskapaden ihres Mannes. Irgendwann ist sie allerdings mit ihrer Geduld am Ende. Sie dreht den Spieß um und plant einen Rachefeldzug. Das erste, was in Rauch aufgeht, ist das Eigenheim. dtv 11132

Herzenswünsche

Was Helen und Clifford aus der großen Liebe machen (natürlich eine Scheidung und diverse andere Dinge und noch eine Scheidung und die eine oder andere Karriere) und wie ihre verlorene Tochter Nell viel schöner und klüger wird, als es ihre Eltern verdient haben. dtv 11197

Du wirst noch an mich denken

Ein Mann und drei Frauen, die Geschiedene, die Neue und die Halbtagssekretärin – aus dieser nicht ungewöhnlichen menschlichen Konstellation macht Fay Weldon eine rasante psychologische Studie über Schein und Sein; mit einer Komik, die manchmal mörderisch ist. dtv 11225

Kleine Schwestern

Zusammen mit dem Antiquitätenhändler Victor, ihrem zwanzig Jahre älteren Liebhaber, fährt Elsa für ein Wochenende aufs Land. Der Besuch bei Victors reichen Freunden wird für Elsa zu einer Tour de force durch Liebe, Lügen, Sex und andere Ungeheuerlichkeiten. Aus Prinzen werden Frösche, und nichts bleibt, wie es war. dtv 11305

Frau im Speck

Aus einer von Wohlstandsspeck, Diätkuren und den üblichen Midlife-crises-Affairen bedrohten Ehe hat sich Esther in eine schmuddelige Souterrainwohnung geflüchtet. Was sie dort tut? Sie ißt, und zwar alles, was fett macht. Eine »beste Freundin« taucht auf und spielt den »rettenden Engel«... dtv 11378

Sterndame

Sandra geht mit ihrem Ehemann auf eine Party und verläßt dieselbe mit einem anderen. Das Pikante am vorliegenden Fall: Die Dame ist eine prominente Fernseh-Astronomin, der Gatte ein bekannter Anwalt, und der »Neue« Boss einer Jazz-Band, übrigens ebenfalls verheiratet. dtv 11426

Franziska Becker im dtv

Franziska Becker, in Mannheim geboren und gelernte Kunsterzieherin, hat ihre Karriere 1977 bei der von Alice Schwarzer gegründeten Frauenzeitschrift »Emma« begonnen und ist heute eine *der* Karikaturistinnen des Landes. Lieblingszeichner: Wilhelm Busch. Lieblingsfigur: die fromme Helene

Mein feministischer Alltag
Cartoons · dtv 10069

Mein feministischer Alltag 2
Cartoons
dtv 10334

Mein feministischer Alltag 3
Cartoons
dtv 10947

Männer
Cartoons
dtv 11111

Marie Marcks im dtv

Marie Marcks, geboren und aufgewachsen in Berlin, zum Zeichnen erzogen durch Mutter, Vater und Onkel (Graphikerin, Architekt, Bildhauer), ist Mutter von fünf Kindern und gehört zu den großen Karikaturistinnen in der Bundesrepublik. Sie lebt in Heidelberg.

Schöne Aussichten
Karikaturen
dtv 10195

Alle dürfen, bloß ich nicht
Cartoons
dtv 10451

O glücklich, wer noch hoffen kann, aus diesem Meer des Irrtums aufzutauchen!
Karikaturen · dtv 10737

Ich habe meine Bezugsperson verloren
Cartoons · dtv 10819